자거라, 네 슬픔아

자거라, 네 슬픔아

신경숙 지음 | 구본창 사진

현대문학

차 례

1부

2부

3부

1부

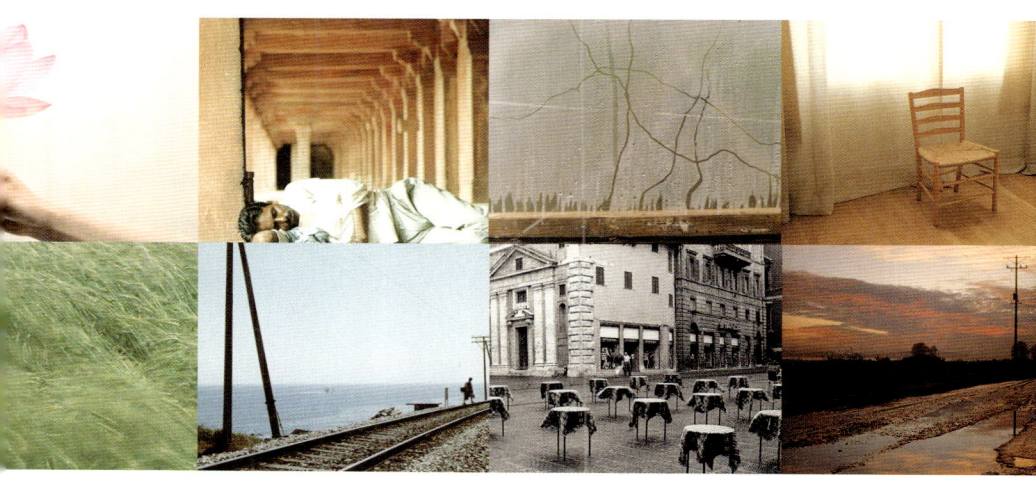

나라, 일본, 2001년

이 꽃을 어머니에게

■

가슴에 꽃을 달아주기 위해서는 서로 마주서야 한다.
가장 친밀한 거리에서 서로에게 눈길을 보내고
그가 기뻐하는지 입가를 엿보아야 한다.
그건 첫 포옹만큼이나 설레고 가슴 떨리는 일이다.

■

어머니는 절에 다니는 사람도 아닌데 초파일 무렵이면 옷을 깨끗
이 빨아 입고 내장사에 가서 연등을 달고 절을 많이 했다. 절에 다
니는 사람도 아닌데……라고 했으나 생각해보니 어머니가 가지 못
하는 곳은 이 지상에는 없는 것 같기도 하다.

어느 해 초파일 무렵에 시골의 어머니한테 갔더니 어머니 얼굴이
산만큼 부어 있었다. 그런 얼굴로 펌프질을 하고 있었다. 손과 발이
부어 누런 빵 같았다. 밤새 절을 하고 돌아와 앓고 있는 중에도 가
뭄이 들어 작물들이 말라죽고 있는 밭에 물을 길어 나르고 있는 중
이었다.

저 고단한 여인, 책을 읽을 일도 음악을 들을 일도 없이 생애를
보내는 동안 어깨뼈가 닳아져버린 여인. 보고 싶어 갔음에도 화를
벌컥 냈다. 어머니가 내 딸이나 되는 양 몸이 그 지경이 되도록 절

을 하는 사람이 어딨느냐고 미련스럽기가 곰 같다고 펌프 앞에 놓여 있는 양동이를 패대기쳤다. 세상에 나를 위해 보이지 않는 무엇을 향해 늘 절을 하는 유일한 사람이 사실은 제 몸 하나 제대로 가누지 못할 폐허가 되어 있다는 것을 확인하는 순간은 비통하다.

나는 부모 가슴에 꽃을 한번 제대로 달아드린 적이 없다. 공손히 꽃을 드린 적도 없다. 어려서는 수줍음 때문에 그러했고 지금은 마땅한 이유가 없다. 오월 어느 날에는 꽃을 마련했다가 엄마……꽃! 던져놓고는 내뺐다. 아버지가 벗어놓은 웃옷 위에도 꽃을 던져놓고 혹여 아버지가 나를 발견할세라 부리나케 내뺐다.

가슴에 꽃을 달아주기 위해서는 서로 마주서야 한다. 가장 친밀한 거리에서 서로에게 눈길을 보내고 그가 기뻐하는지 입가를 엿보아야 한다. 그건 첫 포옹만큼이나 설레고 가슴 떨리는 일이다. 나는 그 떨림의 순간을 가져보지 못했다. 그건 어머니 잘못인지도 모른다. 봄이면 마을 뒷산에 지천으로 피는 진달래를 꺾어다 소주병에 꽂아두었더니 기름병으로 써야 될 것에다 꽃을 꽂아뒀다고 어머니는 꽃을 마루에 던져버렸다. 어머니는 꽃보다 기름이 좋은가보다 생각했다. 지금도 어머니는 참기름을 짜서 소주병에 담아 노란 고무줄로 칭칭 동여맨 뒤 내게 보낸다. 내 보기엔 어머니는 아름다운 것을 늘 내치는 것처럼 여겨졌다. 그깟것, 먹지도 못하는 것!이라고 했다. 그래서 나는 아름다운 것을 보면 어린 시절 어머니에게 야단맞을 때처럼 말을 더듬거린다. 마음은 폭발할 것 같은데 아름답다고 말을 못하겠다. 혼이 날 것 같은 것이다. 아름다움은 사람을 혼나게 한다. 닿을 수 없는데 가 닿고 싶은 욕망 때문에 가슴이 또 한 번 데일 것 같은 것이다. 처음부터 아름다운 것을 좋아하지 않은 어머니 앞에서 나는 아름다운 것들은 어머니 생애에서는 쓰잘데기 없는 것에 불과한 것이라고 여겼다.

그것은 오해였다.

시골집에 간 내가 어머니와 잠자리를 나란히 하고 누웠는데 장롱 위에 못 보던 상자가 얹어져 있었다.

무심코 물었다.

저게 뭐예요?

아무 대답이 없었다.

엄마, 저게 뭐야?

다시 물었다.

저걸 저기에 둔 지 몇 달이 지났어도 아무도 안 물어보더니만 네가 물어보는구나.

한밤중에 어머니는 장롱 위에서 상자를 내려왔다. 하나하나 뚜껑을 열었다. 눈부시게 흰 가제 보자기에 베가 쌓여 있었다. 어머니의 거칠고 투박한 손이 흰 매듭을 풀었다.

삼베였다.

아름답지야.

나는 어머니가 아름답다,라는 표현을 쓰는 걸 처음 들었다.

수의다.

…….

누구에겐가는 이것이 여기 있다,고 말하려던 참이었다. 그게 너구나. 내가 죽으면 허둥지둥거리지 말고 이거 니가 챙겨라. 아버지 것은 내가 챙길 수 있지 않았냐.

……

이 두 쪽은 요를 싸고 이 세 쪽은 이불을 싸는 것이다. 손톱은 잘라서 여기에 넣는 것이고, 발톱은 이 주머니에 넣고, 이것으로는 발을 싸고, 이것으로는 손을 싸는 것이야.

수의를 딸 앞에 펼쳐 보이며 중얼거림처럼 이어지는 어머니 말씀 맨 끝은 내가 호사를 좀 부렸다,는 것이었다.

생전 동안 이처럼 아름다운 삼베는 몇 보지 못했다니까. 이 빛깔 좀 봐라.

직접 삼을 심고 삼아서 짠 베를 먼 걸음을 해서 구한 거라 하였다. 나는 아무 말도 못하고 어머니 말씀을 가만 듣고만 있었다.

자식이 아닌 다음에는 뭣을 봐도 감탄하는 바가 별로 없는 어머니는 연꽃을 좋아했다. 향기 나고 자태 고운 꽃일수록 어머니 앞에서는 먹지도 못하는 것에 불과했으나 연꽃 앞에서 어머니는 눈이 시어지는지 눈꼬리가 가느스름해지곤 했다. 물 위에 떠 있듯 피어 있는 연꽃 앞에 어머니의 눈은 오래 머물곤 했다. 그때의 어머니는 내 어머니가 아니고 그녀인 듯했다. 연꽃 앞에서의 어머니는 양수 속의 태아가 된 듯도 하고 소녀가 된 듯도 했다. 뺨이 발그레한 처녀로 돌아간 듯 목소리를 낮추고 수줍게 웃기도 했다. 어머니도 연약하고 흔들리는 존재라는 것을 깨달은 건 연꽃을 바라보는 어머니를 발견한 순간이었다. 손수 수의를 마련해놓은 생의 끝자락에 가 있는 어머니인데도 연꽃 앞에서는 어머니를 위해 절을 해주었을 어머니의 어머니를 그리워하는 어머니를 보았다.

이 꽃을 어머니에게 드리고 싶다.

일본, 1989년

자거라, 네 슬픔아

■

처녀가 누워 있던 잠자리의 베개와 시트들이 구겨진 채
한쪽으로 밀려나 있었다. 아직 거기에 누군가 누워 있기라도 한 듯
나는 다시 침대로 돌아가 걸터앉았다.
무엇인가를 피하고 싶은 생각도
무엇인가를 건설하고 싶은 욕망도 없이 마음이 텅 비었다.
이 우주에 존재하는 모르는 것과 한순간 합쳐지는 기분이었다.

■

그 처녀를 만난 건 제주도에서였다.

나는 거기에 오래 머물고 있었다. 폐쇄된 호텔과 새 호텔이 동시에 있는 마을이었다. 폐쇄된 호텔 아래는 바다였다. 바람이 불면 꽃과 풀과 나무들이 일제히 바다를 향해 소리를 내지르며 한쪽으로 기울었다. 나는 목초지가 내려다보이는 사 호텔에 묵었다. 그해 사월에 개장한 호텔인데 내가 묵은 때는 구월이었다. 창문과 복도와 벽지와 의자와 거울과 침대들이 모두 새거였다. 자다가 갈증에 깨어나면 맨 먼저 코끝에 맡아지는 게 그때껏 떠도는 시멘트 냄새였다. 나는 잠에서 깨어날 때마다 베개를 끌어안고 코를 묻었다. 시멘트 냄새가 떠다니는 모든 것이 새것인 낯선 방에서 깊은 밤중이나 신새벽에 잠을 깰 때 내 마음을 뚫고 오는 건 타자에 대한 그리움이었다. 그 그리움을 따라가버리면 고독하지 않을 것이었다. 나는 그

럴 수 없었다. 내 쪽에서 발신음을 보내지 않으면 무엇하고도 연결이 되지 않는 장소를 원한 건 나 자신이었다. 도시와 사람들 속에서 짙은 피로를 느끼던 때였다. 내 뜻과는 다르게 전달되는 말과 아무 때나 울리는 전화벨 소리, 휙휙 내달리는 자동차와 느닷없이 찾아오는 방문객. 어디서나 뒤집어지고 있는 땅들……. 그 소란을 피해 다만 얼마간이라도 나를 유폐시키지 않으면 내 속엔 아무것도 고이지 않을 것 같아 도시와 사람들로부터 나를 격리시켰던 것이다. 낯선 곳에 혼자 있으니 시간이 느리게 흘러갔다. 산책을 아침저녁으로 세 시간씩 해도 사용할 시간이 남아 있었다. 충분히 책을 읽을 수 있었고 함부로 정리해버린 일을 다시 생각해볼 수 있었다.

새벽이면 나는 호텔에서 내주는 봉고차를 타고 바다를 보러 폐쇄된 호텔 쪽으로 나갔다. 지붕이 없는 폐쇄된 호텔은 발굴된 유적지처럼 그 형태만 유지하고 있었다. 그러나 남아 있는 외형만으로도 호텔의 규모가 상당했다는 게 짐작되었다. 사람들이 일출을 보기 위해 올라가는 길을 버리고 나는 가끔 폐쇄된 호텔 가까이로 가보곤 했다. 성업 중이었을 땐 창문이었을 수많은 문들을 번갈아 올려다보았다. 그 네모난 공간으로 엿보이는 새벽 하늘이 각각 달라서였다. 가끔 그 창문으로 막 떠오르는 해의 붉은 기운을 보는 행운을 누리기도 했다. 그러다가 저렇게 뻥 뚫려 있는 공간이 예전엔 방이었겠지, 생각되면 마음이 물끄럼해지기도 했다.

그곳에서 맞이하는 일요일엔 한낮에도 바다에 나갔다.

고목처럼 괴괴한 마을이었으나 일요일엔 사람들이 모여들었기 때문이다. 해녀들은 바다에서 막 건져올린 전복이나 해삼 멍게들을 펼쳐놓았다. 사람들을 피해온 곳에서 사람을 그리워하며 일요일 오후를 보냈다. 떠나야 그리워지는 이치와 같다. 어느 일요일의 해 저물녘에 나는 먼바다에 나가보고 싶었다. 일요일엔 작은 배들이 바다에 나가고 싶은 사람들을 싣고 바다 멀리 나갔다 들어오곤 했으나 그 시각에 바다에 나가보고 싶어하는 이는 나뿐이었다. 배 주인은 돈을 많이 내라 하였다. 나는 돈을 조금만 가지고 나왔기 때문에 그럴 수가 없었다. 동전까지 다 털어도 한참 모자랐다. 그때 내게 다가온 게 그 처녀였다. 처녀는 끌고 오던 자전거를 세워놓고 함께 배를 타자고 했다. 그러면 돈을 반씩만 내면 되는 거였다. 처녀와 내가 돈을 모아서 배 주인에게 주자 통통거리며 배가 출발했다. 처녀는 저기에 앉고 나는 여기에 앉아 바다를 쳐다보았다. 바다에 떠 있는 기암괴석의 뒷모습은 그야말로 기암괴석이었다. 바닷새들이 휙휙 머리 위를 날아갔다. 각각 다른 곳을 바라보고 있던 나와 처녀는 어느 순간 바다를 물들이는 노을빛에 둘 다 감탄사를 내뱉다가 서로 얼굴을 쳐다보며 크게 웃었다. 웃는 처녀의 얼굴과 마주하는 순간 내 가슴이 설레었다. 피부는 밝았으며 머리카락은 풍성했고 목은 단단했다. 손을 잡아보고 싶게 친근감이 들었다. 사람이 그리좋아지니 이제 돌아가도 되었다는 뜻이기도 했다. 그런데 밝게 웃던 처녀의 눈에 갑자기 눈물이 고였다. 나에게 들키지 않으려고 외면했으나 우리는 너무 가까이 있었다.

울어도 돼요?

나는 고개를 끄덕였다.

처녀는 목놓아 울었다. 울려고 바다에 나왔던가보다. 처녀의 울음소리가 파도소리를 이기기도 했다. 배가 통통거리는 소리, 바닷물이 밀리는 소리 사이사이로 처녀의 울음소리가 계속되었다. 우는 처녀는 바람 부는 날이면 일제히 한 방향으로 기울어지는 그곳의 목초지 같았다. 배가 다시 먼바다를 돌아서 우리가 출발한 곳으로 돌아올 때까지 나는 우는 처녀를 바라보고 있을 수밖에 없었다. 배에서 내렸을 때 그곳엔 아무도 없었다. 처녀는 자전거를 끌고 나는 그 옆에서 걸었다. 처녀는 서울에서 내려왔으며 그 날까지 닷새 동안 자전거를 타고 제주도를 돌아다니고 있는 중이라고 했다. 내가 그 마을 주민인 줄 알았을까. 처녀는 그 날은 그 마을에서 묵을 생각이라며 마땅한 숙소를 물었다. 나는 그제야 나도 서울에서 왔으며 벌써 오래 여기에서 묵고 있으니 폐쇄된 호텔 근처에 있는 해녀의 집에서 전복죽을 한 그릇 사주면 내 방에서 재워주겠다고 했다.

왜 울었는지 그런 거 묻지 않으면요!

묻고 싶은 생각도 없었다.

우리는 폐쇄된 호텔에 어둠이 깃드는 걸 가끔 쳐다보며 식당에 마주앉아 전복죽을 먹었다. 처녀가 자전거 뒤에 나를 태웠다. 우리는 낯선 마을을 한 바퀴 빙 돈 다음에 호텔로 돌아왔다. 잠결에 깨어보니 처녀가 내 쪽을 향해 얼굴을 두고 자고 있었다. 눈코입이 반듯하고 이마가 깨끗한 처녀였다. 얼굴을 한번 만져보려다가 그만두었다. 타자를 향한 그리움이 닿아서였을까. 그곳에 온 후로 가장 깊은 잠을 잤다. 새벽에 깨어보니 처녀는 가고 없었다. 메모 한 장 없었다. 매일 그랬던 것처럼 새 호텔의 시멘트 냄새만 옅게 맡아졌다. 바다에 나가볼 생각으로 양말을 신고 웃옷을 입고 방문을 열려다가 뒤돌아보았다. 처녀가 누워 있던 잠자리의 베개와 시트들이 구겨진 채 한쪽으로 밀려나 있었다. 아직 거기에 누군가 누워 있기라도 한 듯 나는 다시 침대로 돌아가 걸터앉았다. 그 한순간의 고요. 바깥에 서였는지 안에서였는지 다른 기척이 났을 때까지 나는 그렇게 앉아 있었다. 그 순간엔 어떤 비의도 머물지 않았다. 무엇인가를 피하고 싶은 생각도 무엇인가를 건설하고 싶은 욕망도 없이 마음이 텅 비었다. 이 우주에 존재하는 모르는 것과 한순간 합쳐지는 기분이었다.

나는, 바다에 나가지 않고 떠나온 곳으로 돌아가기 위해 침대 밑에서 가방을 꺼내 짐을 쌌다.

하티푸르 시크리성, 인도, 1997년

물이 나오지 않는 왕궁에서

■

남자가 벗어놓은 두 짝의 슬리퍼는 까닭없이 애잔하다.
남자는 저 신발 속에 저 야윈 발을 집어넣고
얼마나 많은 길들을 걸어 다녔을까.
차가운 바닥에 팔을 베고 얼굴을 얹고
두 발을 가지런히 하고 낮잠에 빠져든 남자.
혹시 바닥으로 굴러 떨어질지 모른다는 무의식 때문일까.
잠을 자면서도 팔베개를 하지 않은 손으로 회랑의 난간을 붙들고 있다.
이상하게 여겨질 정도로 남자가 낮잠을 자고 있는 왕궁의 회랑 주변엔 인적이 없다.
남자의 숨소리가 들릴 지경으로 적요가 느껴진다.
당분간 누구도 잠든 남자를 깨울 것 같진 않다.
남자가 차디찬 꿈이 아닌 따뜻한 꿈을 꾸기를 바라는 마음이 움튼다.

■

혼자 보는 아름다움이 무슨 소용이 있어.

타르코프스키의 영화 〈노스탤지아〉에 나오는 이 대사는 누구라도 쉽게 잊지 못할 것이다. 물이 차오르는 것 같은 슬픔을 느끼게 하는 말이다. 〈노스탤지아〉가 영화관에서 상영되기 전에 어느 여름날 황혼녘에 막 결혼한 지인의 좁은 방에 불편하게 구부리고 앉아 복사한 비디오 테이프로 〈노스탤지아〉를 처음 보았을 때의 경이는 시간과 함께 닳아졌어도 혼자 보는 아름다움이 무슨 소용이 있어,

이 한마디는 아직도 선명하게 뇌리에 남아 있다.

혼자 보는 아름다움.

돌아갈 수 없는 곳에 누군가를 두고 왔다면 혼자 보게 되는 아름다움 앞에서는 늘 무릎이 푹푹 꺾일 것이다. 눈앞에 펼쳐진 찬란한 아름다움을 함께 나눌 수 없는 슬픔은 표현되는 슬픔이 아니다. 혼자 보는 아름다움이 무슨 소용이 있어, 라는 말은 이루어질 수 없는 것을 향한, 다다를 수 없는 것을 향한, 고독한 독백이기도 해서 누구나의 심장을 관통한다. 기다려도 오지 않는 것, 아무리 애를 써도 가질 수 없는 것을 한 가지씩은 가지고 있는 게 인간인 것이다. 그런 인간이기에 혼자 보는 아름다움이 무슨 소용이 있느냐는 한마디는 뼈아픈 것이다.

한동안 나는 혼자 보는 아름다움 앞에서 서먹한 감정을 느끼곤 했다. 아름다운 것을 보게 되면 누군가를 떠올리기에 앞서 한숨 자고 싶다, 는 욕망이 내 마음을 차지했다. 나는 어이없는 그 감정에 멋쩍어서 혼자 웃곤 했다. 설악산의 계곡 앞에서, 제주도의 오름 앞에서, 바로 옆에 누가 서 있는지도 모를 정도로 깔린 부여의 짙은 안개 속에서, 자주 오가는 산길의 귀룽나무 밑에서.

아름다움 앞에서 자고 싶다는 생각을 하기 이전에 나에게 때 없이 청하게 되는 잠이란 도피처에 불과했다. 누군가와 싸워야 할 때, 무엇인가를 따져야 할 때, 상처를 받았다고 느낄 때, 하기 싫은 일과 정면으로 마주쳤을 때 나는 체념하는 마음으로 어느 때건 침대 속으로 기어들어가서 잠을 자버리곤 했다. 몸과 마음이 곤죽이 되어 싸우고 싶은 생각도 따지고 싶은 마음도 없어질 때쯤이 되어야 일어나 앉았다.

어느 때부터인가 여기 참 좋다, 혹은 여기 참 아름답다,는 표현을 나는 저기에서 한숨 자고 싶다,라고 말하고 있었다.

내가 자주 찾아가서 낮잠을 자곤 했던 그녀의 옛 집은 비탈길에 있었다.

그 방 창은 아주 작았으나 창밖에는 아름드리 은사시나무가 살고 있었다. 이런 여름날이면 그녀는 창문에 푸른 모기장을 쳐놓고 창문을 활짝 열어놓곤 했다. 은사시나무의 푸른 잎사귀가 바람결에 찰랑찰랑 흔들리는 풍경이 방 안을 가득 메웠다. 그녀를 만나기 위해 그 방에 들를 때면 나는 어느새 창문 쪽의 반짝이는 은사시나무를 보기 위해 등을 세워 눕곤 했다. 여름날, 은사시나무라는 아름다움 앞에서 잠들고 싶어하는 나의 욕망이 나를 낮잠 속으로 이끌었다.

은사시나무 앞의 나는 꼭 사진 속의 저 남자와 같은 자세였을 것이다. 남자가 벗어놓은 두 짝의 슬리퍼는 까닭 없이 애잔하다. 남자는 저 신발 속에 저 야윈 발을 집어넣고 얼마나 많은 길들을 걸어다녔을까. 차가운 바닥에 팔을 베고 얼굴을 얹고 두 발을 가지런히 하고 낮잠에 빠져든 남자. 혹시 바닥으로 굴러 떨어질지 모른다는 무의식 때문일까. 잠을 자면서도 팔베개를 하지 않은 손으로 회랑의 난간을 붙들고 있다. 이상하게 여겨질 정도로 남자가 낮잠을 자고 있는 왕궁의 회랑 주변엔 인적이 없다. 남자의 숨소리가 들릴 지경으로 적요가 느껴진다. 당분간 누구도 잠든 남자를 깨울 것 같진 않다. 남자가 차디찬 꿈이 아닌 따뜻한 꿈을 꾸기를 바라는 마음이 움튼다. 남자가 차지하고 잠든 왕궁은 다 지어놓고 물이 나오지 않아 버림받은 왕궁이라고 한다. 건축되자마자 곧 폐허가 된 왕궁. 물이 나오지 않는 결핍 때문에 왕궁은 남루한 남자의 차지가 되었다. 남자 스스로 깨어나기 전에는 누구도 남자를 방해하지 않으리라.

지난날 그녀의 방에 누워 있으면 도시의 거리에서 몰려왔던 피로와 인간관계 속의 잡념들이 한 발짝 물러서며 두통 같던 일들이 아무 일도 아닌 것처럼 여겨지곤 했다. 이마와 콧등을 간질이는 산들바람 때문이었을까. 내게 가장 알맞은 장소에 기어든 것처럼 온전한 인간이 된 것 같은 기분에 빠지기도 했다.

또, 잠들었네.

얘기를 하다가 내가 깜북 잠이 들어버리면 그녀는 베개를 꺼내 내 목 밑에 밀어넣어주곤 했다. 그녀의 기적을 느끼는 일은 어린 시절로 돌아간 것처럼 다정하고 아늑한 행복감을 가져다주기도 해서 간혹 아련한 꿈을 꾸는 날도 있었다. 꿈속에선 다다를 수 없는 어딘가에 이르기도 했고 기다리는 무엇이 도착하기도 했다. 왕궁의 회랑에서 달콤한 낮잠에 든 남자를 오래 들여다보고 있자니 내게 달콤한 낮잠을 선사하던 은사시나무가 보이던 그녀의 방이 어쩌면 내게는 사원 같은 곳이었는지도 모르겠다는 생각이 든다. 때때로 불면으로 고통받을 때면 지난날 그 방에서 누린 달콤한 잠이 떠오르곤 한다. 그녀가 그 방을 떠난 지금은 누가 그 사원에 살고 있을까.

누가 살든 은사시나무는 여전히 그 방 창밖에서 찰랑거리며 반짝이며 산들바람을 실어 나르고 있을 것이다.

　이제 나는 갈 수 없는 방이다.

성남, 경기도, 2000년

저, 아까운 비!

■

대지를 촉촉이 적시는 비가 풍기는 냄새와
그 비가 남기는 여운이 나는 좋다.
그때면 얼굴만 바깥으로 내밀고는 사방을
휘둘러본 뒤에 눈을 감고 코를 킁킁거려본다.
아직 덜 자란 나뭇잎 위에 얹혀진 빗방울이 구슬같이 이뻐 보이고
나무뿌리에서 올라온 듯한 수액이나 이제 갓 자란 무순이나
아욱 냄새 같은 것이 코끝에 맡아지는 것 같은 것이다.
비를 느끼는 내 감각에는 내가 시골 태생임이 확인된다.
후둑후둑거리며 어딘가에 고이는 빗방울을 보면
머위 잎이나 토란 잎이나 호박 잎에 고이는 빗방울이 생각나고
너무 오래 비가 안 오면 밭이 타겠네, 싶고
너무 많은 비가 내리면 논둑이 터지겠네, 싶어 안타깝다.
비 중에서 역시 가장 반가운 비는 땅을 해갈시키는 비다.

■

새벽참에 일어나 앉아 빗소리를 듣고 있다. 잠들 적에도 귀를 기울이게 하던 빗소리가 아직까지 들리는 걸 보니 밤새 내렸을까? 요새는 낮에 외출을 하고 돌아오면 어찌나 피곤한지 밤에 책 한 줄을 못 읽겠다. 너무 곤하면 깊은 잠에 빠져들지도 않는 법이다. 몸을 가눌 수가 없어 자기는 자는데 잠들지 못한 한쪽 의식이 육체를 휴식으로 인도하는 게 아니라 오히려 혼곤 속으로 몰고 간

다. 가끔 소스라쳐 깨기도 했고, 순간순간 방 안의 기척이 감지되기도 했다. 그때마다 빗소리가 들렸다. 곧 잠 속으로 다시 내몰렸지만 나도 모르게 아이구, 저 아까운 비! 하며 혼곤함 속에서도 탄식했다.

비가 잦다. 갑자기 웬 비람? 싶어 창밖을 내다보거나 길거리에서 하늘을 올려다보도록 세찬 비가 내리는 경우도 있었지만 대개는 나무들이나 지붕들, 지나다니는 사람들 어깨나 머리를 매만지는 기분으로 가만가만 내린다. 땅에 심겨진 것들이 기분이 좋을 만큼, 우산을 펼치고 찬찬히 걷기에 좋을 만큼의 비가 잦다. 늦봄인지 초여름인지 분간이 안 되는 시기에 대지를 촉촉이 적시는 비가 풍기는 냄새와 그 비가 남기는 여운이 나는 좋다. 그때면 얼굴만 바깥으로 내밀고는 사방을 휘둘러본 뒤에 눈을 감고 코를 큼큼거려본다. 아직 덜 자란 나뭇잎 위에 얹혀진 빗방울이 구슬같이 이뻐 보이고 나무뿌리에서 올라온 듯한 수액이나 이제 갓 자란 무순이나 아욱 냄새 같은 것이 코끝에 맡아지는 것 같은 것이다. 비를 느끼는 내 감각에는 내가 시골 태생임이 확인된다. 후둑후둑거리며 어딘가에 고이는 빗방울을 보면 머위 잎이나 토란 잎이나 호박 잎에 고이는 빗방울이 생각나고 너무 오래 비가 안 오면 밭이 타겠네, 싶고 너무 많은 비가 내리면 논둑이 터지겠네, 싶어 안타깝다. 비 중에서 역시 가장 반가운 비는 땅을 해갈시키는 비다. 뿌려놓거나 모종해놓은 것들이 그대로 말라비틀어지거나 새순도 안 나오고 죽을 것 같은 것들이 비로소 싹이 트는 모습이 도시의 내 눈앞에도 환히 보이는 것이다.

　내가 잠결에 아이구 저 아까운 비! 했던 것은 닷새 전에 내 책들이 있는 방 창문에서 내다보면 보이는 빈 땅에 뭔가를 심어볼 요량으로 사람까지 불러 밭을 한 이랑 일궈놓은 탓이다. 본래 그곳은 놀이터였다. 내가 사는 빌라는 비탈진 곳에 위치해 있다. 게다가 놀이터는 이 안에서도 내가 사는 맨 꼭대기에 붙어 있다. 것도 모자라 계단을 마흔 개는 올라가야 되니 아이들이 부모 없이 혼자 올라오기가 힘든 데다 여기에는 아이들이 없는 것 같다. 아이들은커녕 중학생이나 고등학생 보기도 힘들다. 대학생으로 보이는 젊은 처녀나 청년은 간혹 눈에 띄는 걸 보니 다 자란 자녀들을 데리고 사는 가정이 대부분이거나 아니면 노인들만 사는지도 모르겠다. 작년 가을에 바로 아래층에 두 남자아이를 둔 집이 이사 오기 전에는 여기에서 아이들을 볼 기회가 없었다. 가끔 내 조카들이 나를 찾아오는 것이 여기에서 보게 되는 아이들의 전부 아니었나 생각된다. 그래서 놀이터는 빈 터였다. 이따금 내가 올라가 미끄럼틀이나 시소를 둘러보곤 했다. 오래 인기척이 끊긴 놀이기구들에선 녹이 묻어날 지경이었다. 관리가 힘들었을까. 이태 전에 그나마 놀이기구들을 없애버렸다. 오십 평쯤 되는 빈 터에 겨울에는 눈이 살고 봄에서 가을까지는 잡초가 살았다. 내가 관리소장에게 빈 터에 상추나 좀 심어볼까 한다 했더니 흙이 아니라 모래라면서 작물이 자라지 않는다고 했다. 시골에서 자랐다 하나 농사는 부모가 짓고 나는 그저 물이나 갖다주고 밭 매는 엄마를 따라다니던 것이 고작이었고 그것도 열다섯 살 이전의 일이라 그래요! 하며 혀만 끌끌 차고 말았다. 그러고 올해가 되었다. 근처에 아는 선생님 내외가 이사를 왔는데 한번은 놀러갔더니 거실에 딸린 조그만 땅의 잔디를 걷어내고 일궈서 거기다 이것저것을 심을 요량이라고 하셨다. 그 좁은 곳에 비하면 우리 집 앞의 빈 터는 그야말로 광활한 대지인데…… 싶었다. 그러면 뭐 하나. 작물이 자라지 않는 모래땅이라는데. 마치 떼쓰듯 선생님 사모님께 나도 좀 뿌리게 해달랬더니 그 조그만 구석 중의 한 구석을 내게 주겠노라 하셨다. 지난 청명에 그 땅에 상추며 쑥갓 씨를 뿌렸는데 뿌리기만 하면 뭐하나. 그거 한번 보려면 전화 드려야 하고 십여 분 거리밖에 안 되긴 하나 뛰어가야 하고 뭣보다도 문을 열어줘야 들어가볼 수 있으니……. 그럴수록 우리 집 앞의 빈 터가 어찌나 아까운지.

내가 하도 빈 터를 아까워하니 선생님 사모님이 영국대사관 행정관이라는 분을 소개해주었다. 덕수궁 옆의 영국대사관 정원을 관리하는 아저씨인데 땅을 한번 보면 작물이 자랄 수 있는지 없는지 알 수 있고 자라지 않게 생겼으면 자랄 수 있도록 일궈준다는 거였다. 아저씨가 와서 보고는 잔디뿌리를 제거하고 모래를 뒤집어 다른 흙과 섞으면 야채 정도는 자랄 수 있겠다 했다. 관리소장에게 또다시 내가 저 땅을 한 이랑만 일궈보겠노라 했더니 그러라고 했다. 드디어 닷새 전에 아침 여덟 시쯤에 아저씨가 다시 왔다. 농부들은 부지런하다. 그렇게 일찍 오리라고는 생각을 못해서 언제쯤 오려나 하고 아홉 시쯤에 전화를 넣었더니 벌써 와 있다는 거였다. 그런데 일을 못하고 있다는 거였다. 재빨리 내려가보니 경비실에서 일을 못 하게 한단다. 경비실어 가서 왜요? 물었더니 101호인지 2호인지에서 거기는 공동영역인데 합의도 없이 어찌 그럴수 있느냐고 했단다. 공동영역? 맞는 말이다. 그런데 그 땅이 버려져 있는 지난 이태 동안 그곳에 올라가보는 사람을 나는 본 적이없다. 게다가 내가 거기에 무슨 건축물을 짓겠다는 건가. 내 시간과 내 돈을 들여 아욱 좀 심어보겠다는 계야? 그곳에 다른 무엇을한다면 기꺼이, 그리고 당연히 다시 내놓을 것인데 무슨 문제람! 싶은 게 얼굴도 보지 못한 101호인지 2호인지가 얄미워졌다. 그러나 경비실에 인터폰을 다시 넣어 다시 잘 말해달라고 부탁했다. 그저 구석을 조금 일굴 뿐이라고 말해달라 했다. 분한 마음에 공동영역이면 그 한쪽 구석 정도는 내 영역이기도 하다!고 토를 붙여도 보았다. 다시 아저씨가 잡초와 돌을 걷어내는 사이 나는 철물점에 가서 호미도 사고 부삽도 사고 물조리개도 사가지고 왔다. 아저씨가 형편없이 들러붙어 있는 잔디뿌리를 일일이 분리하고모래와 부엽토를 섞는 동안 세상에 웬 사람들이 그렇게 기웃거리고 왔다 가는지. 뭘 심을 거예요? 묻기도 하고 아저씨한테 기역자로 파지 말고 일자로 파라고 지시하기도 하고, 나도 저쪽을 일궈볼까? 탐을 내기도 했다. 아래층 작은아이도 엄마 등에 업혀 와서놀다 갔다. 내가 이곳으로 이사 와서 이곳 사람들을 골고루 본 날이기도 했다. 나는 이십 년째 영국대사관 정원을 돌보고 있다는그 아저씨가 다 대답하게 두고는 뒷전에서 아저씨 이야기나 실컷

31

들었다. 이십 년이면 그 정원에 무엇이 있는지 어느 때 무슨 꽃이 피는지 척 알아맞힐 수 있는 세월이다. 그러니 이야기가 얼마나 많겠는가. 게다가 영국대사관에서 일하기 전에는 광릉수목원에서 일한 분이라 나무며 꽃에 대한 이야기가 무궁무진했다. 일요일이나 토요일 공휴일 같은 때면 공동주택이나 회사 정원이나 연수원이나 혹은 개인 마당을 관리해주는 아르바이트 하는 얘기도 실컷 들었다. 〈천국의 아이들〉이란 이란 영화에서 그 가난한 아버지가 어느 일요일에 어린 아들을 자전거 뒤에 태우고 부자동네를 다니면서 정원사 일을 찾아다니는 장면이 떠올라서 〈천국의 아이들〉이란 영화를 봤느냐고 물었더니 영화를 볼 시간이 어딨냐고 했다. 아저씨는 서너 시간 만에 잡초뿐이던 빈터에 멋진 밭 한 이랑을 만들어주었다. 물이 문제이긴 했다. 모종을 해놓고 비가 오지 않으면 나는 저 수많은 계단을 물조리개를 들고 오르내려야 하는 판이었다. 그건 나중 일이다. 밭을 만들어 곁에 두고는 매일 창으로 내다만 볼 뿐 나는 그곳에 씨를 뿌리기는커녕 모종조차 하지 못하고 있다. 지난 닷새 동안 아저씨가 일러준 구파발 어디에 있다는 충남농원에 갈 짬이 나지 않는 거였다. 숫제 바깥으로만 나돌았다. 그런데 저렇게 비가 오고 있지 않나. 아, 저 아까운 비. 아저씨가 일러준 대로 가장자리에는 상추와 청양고추 모와 가지, 치커리를 모종해놓고 한쪽에는 아욱과 쑥갓 씨를 뿌려놓고 밭가에는 박하며 물봉숭아 등등을 모종해놓았으면 그것들이 저 비를 맞으며 뿌리를 내리고 얼마나 쑥쑥 자라겠나 말이다. 모든 절기에 맞춰 이르지도 늦지도 않게 씨 뿌리고 모종하고 매어주고 거둬주는 농부의 손길이 무엇인지 새삼 깨달아진다.

제주도, 1992년

너는 거기 왜 가니?

∎

저 비행기가 기계처럼 보이지 않는다.
날고 있는 것 같지도 않다.
우리로 하여금 어디까지가 하늘인지 어디까지가 바다인지를
일러주기 위해 저기 떠 있는 것 같다.

∎

김포공항에 가면 비행기가 이륙하는 장면을 바라볼 수 있는 전망대가 있다고 한다. 어떤 이는 몸과 마음이 자신도 주체할 수 없는 무엇으로 가득 차 있을 때면 오로지 비행기가 이륙하는 모습을 보기 위해 그 전망대를 찾는다고 했다. 한 시간쯤 혹은 두 시간쯤 어느 때는 한나절쯤 비행기가 이륙하는 모습을 응시하다보면 부풀어오른 풍선처럼 가득 차 있던 타자에 대한 혐오, 자신에 대한 비관, 과거나 현재 혹은 미래의 시간에 대한 불안이 가라앉는다고 했다. 나는 아직 그 전망대에 가보질 못했으나 그 말을 들었을 때 오래전의 일터에서 만난 친구가 생각났다.

그 친구는 내가 아는 여자들 중에서 가장 먼저 운전면허를 취득한 이였고, 내가 아는 여자들 중에서 화장을 가장 짙게 하는 이였으며, 내가 아는 여자들 중에서 옷이 가장 많은 이였다. 머리스타일을

가장 자주 바꾸는 친구이기도 했고, 손이 가장 작은 친구이기도 했다. 아마도 나는 그녀가 아는 여자들 중에서 가장 화장을 안 하는 이였으며, 그녀가 아는 여자들 중에서 가장 옷이 적은 이였고, 그녀가 아는 여자들 중에서 한 가지 머리스타일을 고수하는 이였을 것이며, 아마도 손이 가장 큰 이였을 것이다. 이런 그녀와 내가 어떻게 친구가 되었는지 모르겠다.

우리가 일터에서 받는 원고료는 한 장 한 장으로 따지면 작았으나 그걸 한 달 모았다가 받으면 꽤 되는 돈이었다. 그 돈을 받으면 그녀는 어김없이 옷을 사러 갔다. 옷이 없는 것도 아닌데 그러했다. 그 당시 동대문 근처의 방산시장에 가면 특이한 디자인의 옷을 고를 수 있다는 것을 내가 알게 된 것도 그녀 때문이었던 것 같다. 그녀와 함께 방산시장의 그 미로 같은 옷가게들을 헤매고 다녔던 청춘의 시간들. 옷 같은 것엔 별로 관심이 없던 나는 왜 옷을 사는 그 친구의 곁에 그렇게 서 있었을까. 미로에서 길을 잃을까봐 그 친구의 작은 손을 꼭 쥐고 다니다보면 손바닥에 땀이 배 미끈거렸다. 그 친구는 시장 옷만 사는 게 아니었다. 어느 때는 한 달 모은 원고료보다 더 비싼 옷을 턱하니 사 입기도 했다. 도저히 그 친구를 이해할 수 없어 어느 날 그녀에게 물었다.

너는 옷이 그렇게 많으면서도 뭐하러 또 옷을 사니?

잠깐 고개를 갸웃하던 그녀가 내 말문을 막았다.

너는 책이 그렇게 많으면서도 왜 또 책을 사니?

할 말이 없어 그녀의 눈동자만 막막하게 바라보는 내게 그녀는 한마디 더 덧붙였다.

니가 책을 사는 것이나 내가 옷을 사는 것이나 마찬가지야. 다만 내가 사는 옷이 돈이 많이 든다뿐이지.

그런 것도 같고 그게 아니지…… 하면서 할 말이 있는 것도 같았으나 아무 말을 못했다. 뿐만 아니라 그 후로 그 친구에게 옷을 그만 사라는 말을 할 수가 없었다. 그러면 내게도 책을 그만 사라고 할 것 같았기에.

그 친구가 옷을 멋지게 차려입고 이따금 찾아가는 곳은 김포공항이었다. 인천공항은 생기기도 전의 일이다. 처음에 그녀가 공항에 다녀왔다는 말을 할 적에는 무슨 볼일이 있어서 갔겠거니 했다. 그런데 그게 아주 빈번했다. 어느 날 또 공항에 다녀왔다는 그 친구에게 내가 물었다.

그런데 공항에는 왜 그렇게 자주 가?

대답을 하지 않았다.

아는 사람이 스튜어디스야?

아니.

그럼 누가 거기 살어?

아니.

그럼 왜?

친구 자신도 자신이 왜 공항에 그렇게 자주 가는지를 모르는 듯했다. 내가 재차 묻자 그냥 간다고 했다.

그냥?

응!

볼일도 없이 그렇게 옷을 차려입고 그냥 공항에 간단 말이야?

그렇다고 했다. 그냥 공항에 가서 비행기 타는 사람들 쳐다보고 있으면 좋아, 시무룩하게 대답했다. 나는 갑자기 그 친구가 모르는 사람 같았다. 도저히 알 수 없는 사람 같았다. 아마도 그 친구는 공항에 다니려고 자동차 운전면허증을 땄을 것이다. 기억 속의 그 자주색 자동차를 혼자 운전해도 되었을 때 맨 먼저 가본 곳이 아마 김포공항이었으리라.

누구든지 먼저 떠나는 사람이 생기게 마련이다. 내가 먼저 일터를 떠났다. 떠날 때 그 친구는 내게 옷을 한 벌 주었다. 그 친구가 누군가에게 옷을 준다는 것은 꽤나 의미가 있는 일이었다. 내가 받은 옷은 내가 가지고 있는 옷 중에 가장 비싼 옷이라 다른 친구가 유학을 간다고 했을 때 그 친구에게 주었다. 그 친구는 그 옷을 입고 진짜 비행기를 타고 공부하러 갔다.

서로 소식이 끊긴 채 세월이 흘러갔다. 십 년도 지난 어느 날 그 친구가 전화를 걸어왔다. 누구냐고 물어볼 것도 없이 알아보았다. 장마 중의 어느 날 인사동의 어느 밥집에서 마주앉아 점심을 먹었다. 그 친구는 여전했다. 멋진 옷을 차려입고 나왔으며 아직도 열심히 일을 하고 있었고 아직도 자주 김포공항엘 나가는 눈치였다. 여행을 많이 다녔겠구나? 물었더니 아니라고 했다. 단 한 번도 비행기를 타본 적이 없다고 했다. 나는 또 그 친구가 알 수 없어졌다. 그 친구도 내게 말했다.

너도 여전하구나. 아직도 너 책 많이 사지?

응……, 그래.

인간은 쉽게 변하지 않는 법이다. 서로 여전함을 확인하는데 걷잡을 수 없이 웃음이 터져나왔다. 빗소리가 확 끼어들었다가 멀어지곤 했다.

저 바다 위를 날고 있는 비행기를 보고 있으려니 그 친구 생각이 난다. 그래서인지 저 비행기가 기계처럼 보이지 않는다. 날고 있는 것 같지도 않다. 우리로 하여금 어디까지가 하늘인지 어디까지가 바다인지를 일러주기 위해 저기 떠 있는 것 같다. 그 친구가 저 비행기 안에 타고 있을지도 모른다고 생각하는 것은 과장일 것이다. 그 친구는 비행기가 이륙하는 것을 바라볼 뿐 비행기를 타지는 않는다고 했으니까. 그 순간을, 비행기가 이륙하는 그 순간을 바라보는 그때에 그 친구의 마음 안에 일렁이는 것은 무엇일까? 아마 나는 영원히 알지 못하리라.

경주, 경북, 1989년

보리밭 속에 숨어 있는 것들

■

보리순이 자라 너울너울 파란 물결을 이룰 때까지도 보리밭은 자유였다.
우리는 수시로 바구니를 들고 나가 보리순을 싹싹 베어왔다.
된장국을 끓여 먹기도 했고 삶아서 무쳐 먹기도 했으며
간혹 홍어탕에 보리순이 섞이기도 했다.
그러다 보리 이삭이 여물어 푸른 보리밭이 누런 보리밭으로 바뀔 때
갑자기 그곳은 들어가서는 안 되는 금지의 구역이 되었다.
보리밭 사잇길로 걸어가면……,
이 노래를 처음 알게 되었을 때의 내 마음을 스쳐가던
그 괴리감을 뭐라 표현할까.

우리가 들어갈 수 없는 동안 보리밭에서
무슨 일이 벌어졌는지는 알 수가 없다.
그래서 내게 보리밭은 불안한 아름다움이 된 것일까.
지금, 저, 보리밭에 일렁이는 알 수 없는 바람처럼.

■

보리밭 속에는 문둥이가 산다고 했다. 봄날이면 배고픈 그들이 보리밭 이랑에 숨어 있다가 아이들을 잡아먹는다고 했다. 그러니 행여 보리밭 속엔 들어가지 말라고 했다. 오월이면 세상의 신록과는 달리 홀로 노랗게 익어 물결을 이루는 보리밭을 저기 두고 걸어도 마음을 이윽하게 만드는 이야기였다. 정말 저 보리밭 속엔 그들

이 살까? 혼자 보리밭 곁을 지날 때면 걸음이 빨라지면서 나도 모르게 보리밭 쪽으로 눈이 쏠리곤 했다. 최초에 들은 무서운 얘기는 잊혀지지 않는다.

보리밭이 언제나 금지의 구역이었던 건 아니다.

우리는 언제든지 보리밭에 마음대로 들어갈 수 있었다. 특히 겨울이 끝날 무렵이면 어른들은 아이들을 보리밭으로 내몰기까지 했다. 긴 겨울 끝에 우리가 맨 먼저 보는 파란색은 보리순이었다. 들판에 아직도 드문드문 눈이 쌓여 있는 사이의 파란 보리순은 여리디여렸다. 그 여린 순을 어른들은 어쩐 일인지 마구 밟고 다니라 하였다. 그 덜 자란 파란 것을 짓밟을 때 본능적으로 느꼈던 죄의식. 신발 안에서 발가락들이 오물거렸다. 그러나 그것은 순간이었다. 학교에 갈 적에도 집에 돌아오는 길에서도 우리는 길을 버리고 보리순을 밟고 다녔다. 일요일이면 온 식구가 보리밭에 나가 일부러 보리순을 밟아주기도 했다. 누군가는 배드민턴을 가지고 보리밭에서 치기도 했다. 밟을수록, 아니 꼭꼭 밟아줘야 더 튼튼히 잘 자라나는 것이 있었으니 그게 보리순이었던 것이다. 하긴 보리순은 연약해 보여도 한겨울을 눈보라 속에서도 버티는 족속들이었다. 보리순이 자라 너울너울 파란 물결을 이룰 때까지도 보리밭은 자유였다. 우리는 수시로 바구니를 들고 나가 보리순을 싹싹 베어왔다. 된장국을 끓여 먹기도 했고 삶아서 무쳐 먹기도 했으며 간혹 홍어탕에 보리순이 섞이기도 했다. 그러다 보리 이삭이 여물어 푸른 보리밭이 누런 보리밭으로 바뀔 때 갑자기 그곳은 들어가서는 안 되는 금지의 구역이 되었다.

보리밭 사잇길로 걸어가면……, 이 노래를 처음 알게 되었을 때의 내 마음을 스쳐가던 그 괴리감을 뭐라 표현할까. 보리밭 사이라는 서정과 누구나 자신도 모르게 웅얼거리게 되는 노랫말의 애잔함 위에 어린 시절에 들은 문둥이 이야기가 덮치곤 했다. 입에 달고 다니듯 그 노래를 부르고 다닐 때도 한편에는 저 심상찮은 바람결 같은 불안이 마음에 일렁이곤 했다. 뉘 부르는 소리 있어 돌아보면—에 이르러서는 돌아보면 안 돼! 하는 비명을 내지르고 싶은 기분에 젖기도 했다. 보리밭에 산다는 문둥이 얘기는 아름다운 노래마저 마음대로 부르지 못하도록 무섭게 강렬했다. 무엇이 그토록 무섭고 불안했을까.

보리 서리를 막기 위해 어른들이 지어낸 것에 불과한 이야기 한 토막은 끝없는 상상을 불러일으켰다. 우리가 들어갈 수 없는 그동안 보리밭에서는 무슨 일이 일어나는 것일까?

누군가 오월의 보리밭엔 문둥이가 아니라 종다리가 산다고 했다. 오월의 푸른 하늘과 대비되는 누런 보리밭엔 종다리가 알을 낳고 산단다. 알을 낳지 못하는 콤플렉스 때문인지 인간들은 새의 알을 쫓아다닌다. 알을 품어주지도 못할 거면서 기어이 찾아내서 쳐다보기라도 하려 한다. 새의 알 중에서 종다리 알은 쉽게 찾아낼 수가 없다. 종다리는 자신이 부화시켜야 할 알을 잘도 은폐시켜놓는다. 종다리가 보리밭에서 날아오르면 거기에 종다리의 알이 있겠거니 하고 뒤져보나 매번 허탕이다. 종다리는 알이 있는 곳에서 사방으로 백 미터는 걸은 뒤에야 하늘로 날아오른다. 그러니 종다리의 알을 찾아내려면 종다리가 날아오른 곳으로부터 사방으로 백 미터를 뒤지고 다녀야 하는 것이다. 우리는 들어가지 못하는 금지된 구역에 알을 낳고 그걸 은폐하기 위해 보리밭을 종종 걸어 다닐 종다리라니…….

　누군가는 오월의 보리밭에서는 아기가 만들어진다고 했다. 사랑을 나누기 위해 방을 찾아 헤매다니는 제8요일의 연인들처럼 마땅히 사랑할 곳이 없는 가난한 연인들에게 오월의 보리밭은 사랑을 나누기에 가장 알맞은 장소였다 했다. 밤이 모자란 연인들은 한낮에도 오월의 보리밭과 유사한 옷들을 입고 보리밭 깊숙이 들어가 나오지 않았다고 했다. 등이 배기진 않았을까. 그러니까 오월의 보리밭은 하늘이 보이는 방이었던 거다. 바람에 일렁이는 보리밭 속의 남루한 여자와 남자를 생각하며 웃었다. 그러나 인간은 종다리 같지 않아서 보리밭에서 나온 여자는 아기를 배나 남자는 어디로 가버렸는지 찾을 수가 없다 했다. 더는 웃을 수가 없었다. 그래서 여자들은 때로 아기를 낳아 보리밭에 버리고 간다고도 하였다. 우리가 들어갈 수 없는 동안 보리밭에서 무슨 일이 벌어졌는지는 알수가 없다. 그래서 내게 보리밭은 불안한 아름다움이 된 것일까. 지금, 저, 보리밭에 일렁이는 알 수 없는 바람처럼.

광화문, 서울, 1988년

저 남자를 방해해선 안 된다

■

물조리개와 쿠킹호일 사이에서 짧은 낮잠에 들어 있는 저 남자를
누구라도 방해해서는 안 될 것 같다. 릴케가 그랬다.
가난한 사람이 생각에 잠겨 있을 때에는 발꿈치를 들고 걸어야 한다고.
저 남자 때문인가보다. 꽃이 뒤늦게 보였던 것은
저 남자 때문에 시선이 정지하지 못하고 떠돌았던 모양이다.
그는 신문에 싸여진 국화와 장미를 잠시 잊고
몸을 구부린 채 잠을 자고 있을 뿐인데
누구도 위로할 수 없을 것 같은 삶의 피로를 전해주고 있다.

■

꽃은 어디에 있어도 존재하기만 하면 맨 먼저 눈에 띈다. 그것
이 어쩌면 꽃의 존재 이유인지도 모르겠다. 그런데 이상하다. 이
사진은 꽃보다도 꽃을 담고 있는 고무통이 먼저 보인다. 그 다음
에도 꽃보다 꽃을 싸고 있는 신문지가 더 눈에 들어온다. 그 옆의
푸른 물조리개와 파라솔을 펼치기 전 그 흔적으로 남아 있는 파라
솔대와 쿠킹호일이 보인다. 그 사이에 팔에 얼굴을 묻고 있는 남
자는 오수중이다. 그 무게에 꽃이 얹어진 탁자가 얼마간 기울어져
있다. 얼룩이 진 담벼락과 그 밑에서 자라고 있는 사철 그 모습일

키 작은 나무들까지 다 보고 난 다음에야 국화가 보이고 장미가 보인다. 그제야 저 오수 중인 남자가 꽃 파는 남자였구나 생각된다.

물조리개와 쿠킹호일 사이에서 짧은 낮잠에 들어 있는 저 남자를 누구라도 방해해서는 안 될 것 같다. 릴케가 그랬다. 가난한 사람이 생각에 잠겨 있을 때에는 발꿈치를 들고 걸어야 한다고.

저 남자 때문인가보다. 꽃이 뒤늦게 보였던 것은 저 남자 때문에 시선이 정지하지 못하고 떠돌았던 모양이다. 그는 신문에 싸여진 국화와 장미를 잠시 잊고 몸을 구부린 채 잠을 자고 있을 뿐인데 누구도 위로할 수 없을 것 같은 삶의 피로를 전해주고 있다. 저 꽃을 팔아서 생계를 유지해야 하는 남자는 왜 저렇게 작은가. 저 꽃을 다 판들 돈이 얼마나 되겠는가. 얼굴을 묻은 저 남자의 팔은 어찌 저리 연약한가. 아마도 저 남자는 저 꽃을 팔기 위해 이른 새벽에 빈속으로 도매시장에 갔을 것이다. 연민으로 결혼했을 아내는 아직 깨어나지 않았고 그 곁에 아이 둘은 강아지새끼처럼 서로의 팔을 걸치고 자고 있었을 것이다. 상가 안에 꽃집을 내고 있는 사람들 틈에 끼어 저 꽃들을 떼어 왔을 것이다. 백합도 글라디올러스도 아닌 노란 국화와 분홍 장미를. 어쩌면 지금 저 남자는 개시도 못하고 꽃을 사줄 사람을 기다리다 지쳐 그만 저리 잠이 들고 말았는지도 모르겠다.

저 남자는 지금 꿈을 꾸고 있는 중인 것 같다.

예전에는 이 도시의 한복판에서도 저런 모습으로 꽃을 파는 사람들을 자주 만났었다. 그때는 버스에도 차장이 있었다. 지하 다방에는 한복을 차려입은 마담이 있었다. 리어카 위에 수북히 쌓여 있는 복제 카세트테이프에서는 '내 사랑하는 그대여 정말 가려나……' 같은 노래가 흘러나왔다. 골목길에 들어서면 연탄가스 냄새가 맡아졌고, 동네 구멍가게에는 해태나 오리온에서 만든 빵들이 진열되어 있었으며, 남학생들은 우중충한 검은 교복을 입고 여고생들은 흰 운동화를 신었다.

저 남자가 스물이 되기 전의 거리 풍경과 지금은 너무나 달라졌다. 이제 버스요금은 교통카드로 대신 지불하며 다방은 모두 지상으로 올라와 커피 전문점이 되었으며 불법 복제 카세트테이프를 리어카에 올려놓고 파는 모습도 쉽게 구경할 수 없게 되었다. 연탄 대신 도시가스 배관이 땅속에 묻혀 있으며, 이제 '파리바케트'나 '뚜레주르' 같은 제과점에서 빵을 만들며, 교복을 입지 않는 여학생들은 흰 운동화도 신지 않는다. 겨우 살아남은 풍경이 저 남자인 것이다.

지금 거리에서 꽃을 팔다 잠이 든 저 남자는 복제 카세트테이프에서 흘러나오는 노래를 듣고, 연탄가스 냄새가 맡아지는 방에서 잠을 자며, 야근이 없는 저녁에는 오리온 빵을 한 개 사서 배를 채우며 스무 살을 맞이했을 것이다. 저 연약한 팔에 묻고 있는 얼굴엔 주근깨가 나 있고 웃으면 보이지 않을 정도로 작은 눈을 가지고 있을지도 모르겠다. 스무 살 무렵에 저 남자는 분명 누군가에게 꽃을 사서 신문지에 포장해서 건네봤을 것 같다. 머리를 양 갈래로 땋아

내린 교복을 입은 여학생이거나 지하 다방의 미스 차였는지도 모르겠다. 여름휴가 동안 태생지인 섬에서 며칠을 보내는 동안 내내 저 남자는 소라나 조개를 주워 모았을 것 같다. 흰 운동화를 신은 여학생이나 혹은 미스 차를 생각하며 저 남자는 주워 모은 목걸이를 실에 꿰어 목걸이를 만들었을 것 같다. 사랑하는 마음을 그렇게 밖에 표현할 수 없었던 저 남자는 휴가가 끝나는 날 도시로 돌아와 거리에서 꽃을 파는 남자를 보았을 것 같다. 붉은 고무통에 담겨 있는, 신문지에 싸여진 꽃들 앞에서 저 남자는 오래 서 있었을 것이다. 그때껏 꽃이라고는 사보지 않은 데다 꽃을 팔고 있는 남자가 고단하게 자고 있었을 테니까. 아마도 저 남자는 꽃을 팔고 있는 남자가 잠에서 깨어날 때까지 기다리고 서 있었을 것이다. 남 같지가 않았을 것이다. 국화와 장미 중 저 남자는 아마 장미를 사지 않았을까. 신문에 둘둘 말린 장미 위에 아마 저 남자는 조개목걸이를 걸어 흰 운동화를 신은 여학생, 혹은 일찍 철이 든 미스 차에게 건넸을 것 같다. 그것이 저 남자가 이 세상의 다른 사람에게 꽃을 주어본 최초의 일이었을 것이고 마지막 일이기도 했을 것이다. 저 남자가 건넨 꽃과 목걸이는 당연히 거절당했을 것이다. 여학생은 저 남자를 거들떠도 안 보고 대문 안으로 획 들어가버렸거나 미스 차는 조개목걸이를 보고 내가 소녀인 줄 아느냐 입을 삐쭉거렸을 것이다. 그 거절당한 사랑이 저 남자의 생애 중의 첫사랑이었을 것이고 마지막 사랑이었을 것이다. 자신의 팔에 얼굴을 묻고 고무통에 담긴 신문지에 싸여진 꽃들 앞에서 고단하게 잠이 든 저 남자는 어쩐지 그때 꿈을 꾸고 있는 것 같다.

저 남자의 짧은 오수를 누구도 방해해서는 안 된다.

자유로, 서울, 1990년

노을

■

다다를 수 없는 거리감.
허우적거리다 잠을 깨면 목덜미가 차디차다.
꿈이었구나, 자각하지만
이미 마음은 다다를 수 없는 거리감으로 인해
야릇한 슬픔에 사로잡혀 있다.
그 마음을 무어라 표현할 것인가.
사진 속의
저 회색 구름 사이의 붉고 노란 노을과, 파인 길과,
물웅덩이 속으로 비치는
저 야릇한 하늘이나 아는 마음이라고 할까.

우리는 한순간 깊은 침묵에 휩싸였다.
사방으로 퍼져 있던 붉은 빛 한 줄기가 유난히 위로 치솟으며
먼 서녘 하늘에 길을 만들고 있었다.

■

꿈에 죽은 사람을 종종 만난다.

꿈속에서 죽은 이는 죽지 않고 살아 있다. 아니 그가 죽지 않고 살아 있었다고 생각하는 건 꿈을 깬 후이다. 꿈속에서 나는 그가 죽은지를 모르고 있다. 어쩌면 그도 자신이 이미 죽었다는 걸 모르는 듯하다. 죽은 어떤 이와는 우리가 한 세계에 있었을 때처럼 서로를 알아보고 마주앉아 얘기를 나누고 어딘가를 걷기도 하고 어깨를 치

기도 한다. 어느 때는 싸우기도 하고 밥을 함께 먹기도 한다. 우리
는 서로 너무나 다정해서 나는 죽은 이와 함께 그 순간을 보내면서
나도 모르게 참 행복하다,고 여기다가 꿈에서 깨어난다. 잠이 깨었
어도 일어나질 못하고 한참 그대로 누워 있다가 얼마 후에야 혼자
서 꿈이었구나, 웅얼거린다.

어느 때 꿈속의 그는 거리 저편에 서 있다.

내가 아무리 불러도 내 쪽을 보지 않는다. 다른 사람들 속에 섞여
서 그는 나를 알아보지 못한다. 그는 길을 잃은 사람 같기도 하고
누군가를 기다리는 사람 같기도 하다. 나는 길 이쪽에서 그가 걸어
가는 대로 보조를 맞춰 걸어가며 애타게 그의 이름을 부른다. 나 자
신을 그에게 알리려는 나의 노력은 거리의 소음과 질주하는 자동차
와 건물들에 의해 차단된다. 길을 건너 그에게 가야 한다고 생각하
지만 어쩐 일인지 길을 건널 수가 없다. 오로지 내가 그와 함께 있
다는 것을 그가 상기해주기를 원할 뿐이다. 다다를 수 없는 거리감.
허우적거리다 잠을 깨면 목덜미가 차디차다. 꿈이었구나, 자각하지
만 이미 마음은 다다를 수 없는 거리감으로 인해 야릇한 슬픔에 사
로잡혀 있다. 그 마음을 무어라 표현할 것인가. 사진 속의 저 회색
구름 사이의 붉고 노란 노을과, 파인 길과, 물웅덩이 속으로 비치는
저 야릇한 하늘이나 아는 마음이라고 할까.

어느 해이던가.

해 저물녘에 나의 친구와 함께 자동차를 타고 길을 달렸다. 그녀
는 얼마 전에 남편을 잃은 처지였다. 그들 부부는 유난히 다정했다.

언제나 함께 있어서 그녀가 결혼을 한 이후에 따로 그녀와 시간 갖기가 힘들 지경이었다. 그녀가 혼자 되고 우리는 오랜만에 만났다. 나는 그녀를 만나 무슨 말을 해야 할지 전전긍긍이었다. 그녀를 만나러 계단을 다 내려갔다가 나는 다시 올라와 내 방에 걸려 있던 폴라로이드 카메라를 챙겨 들었다. 일본 여행길에 사가지고 왔다가 그대로 걸어둔 것이었다. 살 때는 신기해서 사놓고는 한 번도 쓰지 않았던 폴라로이드 카메라를 하필 그 순간에 생각해내었는지. 그녀와 나 사이에 우리도 모르게 함께할 상실의 슬픔을 피해 사진을 찍어댈 참이었을 것이다. 늦어도 5분 후에는 찍은 사진을 함께 볼 수 있으니 찍고 들여다보며 그것으로나마 그녀를 위로할 참이었을 것이다.

우리가 가려는 어떤 집은 서쪽에 있었다. 그녀와 나는 차의 앞자리에, 유치원에 들어간 그녀의 아이는 모자를 쓰고 뒷자리에 앉아 있었다. 이제 이 세상에 없는 아빠를 닮은 아이의 깨끗한 눈 속으로 노을이 번지기 시작하는 시간이었다. 뒷자리의 아이는 쉴새없이 질문을 했다.

저 나무 이름이 뭐예요?

저 새는요?

엄마, 저 트럭 좀 봐, 닭이 타고 있어요!

아이의 질문에 대답을 하거나 아이의 감탄사에 함께 감탄하며 우리는 서쪽을 향해 갔다. 어느 순간 나는 카메라의 줄을 꼭 매만졌다. 어느새 하늘을 점령해버린 노랗고 붉은 노을 때문이었다.

그렇게 마음을 이상하게 흔드는 노을을 그때껏 본 적이 없다. 노을이 우리들을 향해 쉿! 하며 손가락을 입에 가져다 댄 듯이 한순간 우리는 조용해졌다. 이 세상 바깥 어딘가로 이어지는 듯한 붉은 구름의 길은 노란빛에 휩싸여 끝도 없이 펼쳐졌다. 나는 불안한 노을빛을 응시하며 그때까지도 카메라가 들어 있는 가방 끈을 꼭 잡은 채 운전하는 그녀를 가만 보았다. 그녀의 눈도 노을에 가 있었다. 허공을 가로지르는 새에 대해서 차창에 비치는 강물에 대해서 지치지도 않고 일일이 응답을 해주던 그녀의 입술이 가만 닫혀 있었다. 뒷자리의 아이에겐 노을이 보이지 않는 것인가. 우리는 한순간 깊은 침묵에 휩싸였다. 세상이 고요하게 느껴져 우리가 지금 자동차 안에 있다는 것이 실감이 나지 않을 지경이었다. 사방으로 퍼져 있던 붉은 빛 한 줄기가 유난히 위로 치솟으며 먼 서녘 하늘에 길을 만들고 있었다. 그대로 달리다간 우리가 노을 속에 처박히고 말 것 같은 느낌이 들었을 때 그녀가 갓길에 차를 세웠다.

좀 있다가 가자.

그러자.

그녀의 눈 속엔 붉은 물이 가득 차올랐다. 그때껏 나도 모르게 그녀에 대해 긴장하고 있던 마음이 잔물처럼 풀어졌다. 나는 폴라로이드 카메라를 작동해 그녀와 아이를 노을 속에 세워놓고 사진을 찍어주었다. 다시 자동차에 올랐을 때는 서로 마음을 흔드는 불안한 슬픔을 들키지 않으려고 애쓰지 않아도 되었다. 어쩌면 우리가

노을 앞에 잠시 쉬고 다시 차를 탔을 때 보이지 않는 누군가가 차에
동승했었는지도 모르겠다.

덴마크, 1984년

매혹당한 뒤에

■

누군가 인간의 여행이 계속되는 것은
언젠가는 떠나온 곳으로 돌아갈 수 있기 때문이라고 했다.

■

바르셀로나에 닷새쯤 머물 기회가 있었다. 14세기와 15세기에 지어진 오래된 저택들이 늘어서 있는 고딕지구의 구불구불한 길을 걸을 때나 구엘공원이나 퍼포먼스가 끊이지 않는 람블라스 거리에 서 있거나 앉아 있을 때, 밤이면 또 다른 모습이 되는 바르셀로나의 야경을 보게 될 때, 소규모의 박물관들, 고서점들을 어디서나 마주치게 될 때마다 내가 탄식처럼 내뱉었던 말은 축복받은 땅이네,였다. 산과 바다(강이 아니라 지중해로 뻗어나가는 바다라니!)가 같이 있었다. 어떤 처녀는 오전이면 버스를 타고 나와 해변에서 해수욕을 하고 정오가 되기 전에 다시 버스를 타고 집에 돌아가는 듯했다. 그 처녀는 오후에는 나무들이 우거진 몬주익으로 나가 내내 책을 읽거나 낮잠을 잘 수도 있을 것이며, 산책 삼아 미로 미술관에 들어가 웃음과 농담이 현란한 색채와 함께 날아다니는 듯한 선들을 만나볼 수도 있을 것이었다. 이방인이 보기에 바르셀로나는 미적으로 파리에 뒤지지 않으면서 바다를 가지고 있고 물가가 싸고 사람들은 소박하고 사방에 맛있는 음식과 볼거리투성이였으니 어찌 질투가 없었겠는지.

바르셀로나의 거리는 매혹덩어리였다. 피카소와 미로, 가우디가 먹여살리는 도시이기도 했다. 구태여 무엇무엇을 찾아 길을 나서지 않아도 산책을 하다보면 눈앞에 가우디의 자유로운 상상력이 일궈낸 식물 같은 건축물 앞에 저절로 가 있게 되었다. 멀리서 보아도 건물을 올려다보거나 사진을 찍고 있는 사람들이 있어 다가가보면 그곳은 건축의 시인 가우디의 흔적인 카사 바트요이거나 카사밀라이거나 사그리다 파밀리아였다. 이른 아침이었는데도 피카소가 왜 천재인가를 느낄 수 있는 피카소 미술관이 있는 골목은 줄을 서 있는 사람들로 어깨가 치였다. 저녁식사가 늦기는 하지만 (식당문을 밤 9시에나 열었다) 식사를 마치고 숙소로 돌아오다보면 람블라스 거리가 아니더라도 사방에 발길을 붙잡는 가게가 있었다. 들어가보면 미로의 작품들을 소재로 해 만든 도자기들이 이루 헤아릴 수 없이 진열되어 있었다. 어찌나 정성스럽게 그리고 세련되게 재구성되어 있는지 그것들을 구경하다보면 자정이 훌쩍 지나기 일쑤였다. 미로를 비롯하여 피카소와 가우디는 찻잔이며 접시며 가방이며 항아리며 거울, 하다못해 휴지에까지 접목되어 있었다.

바르셀로나의 몇몇 광장에서는 일요일 저녁에 수많은 사람들이 모여 사르다나를 추었다. 사르다나는 민족 혈통의 결집을 서로 확인하기 위해 만든 의식이라고 한다. 내가 묵었던 숙소에서는 방이

모자랐던지 바르셀로나에 도착한 날 옥탑방을 내주었다. 마침 일요일 저녁이었다. 축포가 터지는 소리가 요란해서 거리로 향해 나 있는 창을 통해 내다봤더니 카테드랄의 광장에 수많은 사람들이 손을 잡고 원을 그리며 사르다나를 추고 있었다. 사르다나는 서로의 손을 잡고 원을 만들고 풀고 다시 만들고 풀고 하는 행위가 계속되는 춤이다. 오랜 세월 침략과 억압을 겪어내면서 카탈루냐 사람들은 광장으로 나와 모르는 사람들과 함께 사르다나를 추며 서로의 혈통을 확인했다고 한다. 원이 계속되는 한 함께 할 동료가 있다는 연대감의 표시인 셈이다. 아마도 그 연대감이 스페인 내에서도 바르셀로나는 다른 나라라는 느낌을 가지게 했을 것이다.

누군가 인간의 여행이 계속되는 것은 언젠가는 떠나온 곳으로 돌아갈 수 있기 때문이라고 했다. 스페인은 여기에서 이대로 돌아가지 않아도 좋겠다, 싶은 장소과 풍경에 자주 마주쳤다. 투우장에서 마타도르가 진짜 소의 숨통을 끊는 것을 그 피비린내에 기겁을 하긴 했어도 프라도 미술관에서 본 고야의 아들을 잡아먹는 사투르누스를 비롯한 검은 그림 앞에서는 정신이 번쩍 나 숨을 죽였다. 세비야의 플라멩코를 볼 적에는 무희의 카리스마에 전율했고 무어왕국의 마지막 요새였던 알람브라 궁전이 고요 속에 간직하고 있는 폐허의 아름다움 앞에선 말을 잃었다. 이 모두 돌아갈 수밖에 없는 자의 마음이었기에 더 충돌했을까. 돌아와서는 창문 옆에 놓인 빈 의자처럼 일주일째 줄곧 잠을 잔다. 그만 깨어나야겠다.

함부르크, 독일, 1993년

질주하는 것들

■

기차를 기다리며
원망하는 무엇인가를 얹어놓은 레일을
지켜보는 동안의 두근거림은
파멸을 향해 치달아가는 욕망의 마음이기도 했다.

제어할 수 없는 속도로
한순간에 어느 지점을 관통해가는 레일 위는
누군가를 여기에서 저기로 데려다주는 길이기도 하나
시간이 영원히 정지해버리는
무덤 속으로 치닫는 길이기도 했다.

■

들판과 들판 사이에 기찻길이 있는 마을이 있었다. 역이 없었으므로 기차는 늘 그 마을을 질주해갔다. 그곳에 사는 사람들은 온종일 기차가 지나가는 소리를 들으며 하루를 보냈다. 사람만이 아니라 그 마을에 사는 귀가 달린 모든 존재들은 죄다 철거덕철거덕 기차가 지나가는 소리를 들으며 살았다. 기차가 지나가면 닭들은 퍼드득거렸고, 물을 긷는 여자는 허리를 폈고, 방바닥에 엎드려 숙제를 하던 소년도 잠시 연필을 입에 물었으며, 지붕을 고치던 남자는 일어서서 들판과 들판 사이를 가로지르는 기차를 쳐다보았다. 들판에서 일하던 사람들도 잠시 일손을 멈추고 지나가는 기차를 바라보다 손을 흔들곤 했다. 간혹 기차를 타고 가던 누군가가 차창 바깥으로 손을 내밀어 이쪽을 향해 손을 흔들기도 했다. 모내기를 하거나 추수를 하는 들판에 서 있다가 기차가 지나가면 나도 기차가 시야에서 사라질 때까지 손을 흔들었다.

사방이 연초록으로 뒤덮여 있던 찬란하게 아름다운 때.

학교에서 돌아와 들판에 나가 있는 어머니를 보러 갈 생각으로 대문을 나섰다. 왜 학교 갔다오면 어머니 얼굴을 한 번은 봐야 안심이 되었을까. 지루하게 마당에 드러누워 있던 새끼를 밴 개가 느릿느릿 내 뒤를 따랐다. 저녁마다 밥을 챙겨주며 이름을 부르던 동무였다. 어느 때 화가 나면 그 밥그릇을 발로 걷어차도 개는 원망 없이 내 뒤를 졸래졸래 따라다니곤 했다. 한밤중에 소변이 마려워 깨어났을 때 내 곁을 지켜주는 이는 개였다. 칠흑같이 어두운 밤에 혼자 마당을 가로질러 변소까지 가야 하는 무서움. 더는 참을 수 없을 때까지 견디다가 방문을 열고 나와 마루를 내려오면 개가 몸을 일으키는 기척이 느껴지곤 했다. 미처 변소까지 가지도 못하고 마당 어디쯤에 쪼그리고 앉으면 개가 따라와서 몸을 부비며 손가락을 핥아주곤 했다. 따뜻함이 두려움을 물리치는 시간이기도 했다. 새끼를 얼마나 낳으려는지 터질 듯이 부른 배가 땅에 닿을 지경이었던 개의 걸음은 느리고 느렸다.

어머니가 일하고 있는 논은 기찻길 건너에 있었다. 기찻길에 다다랐을 때 기적소리가 울렸다. 고개를 쑥 빼고 먼 곳을 내다보았으나 기차의 몸통이 시야에 들어오지 않았으므로 나는 철목을 건넜다. 검은 철목을 딛고 건너며 기차가 다가오는 것에만 마음이 쏠려 내 뒤를 따라오던 개 생각을 잊었다. 어디든지 나를 따라다니는 개이니 그때도 어쩌면 당연히 나를 따라 철목을 건넜으려니 생각했을 것이다. 잠시 후에 날카로운 기적을 울리며 해일 같은 바람을 일으키며 질주하던 기차가 저 멀리에서 멈추었다. 역이 없는 마을에서 기차가 멈추는 것을 처음 보았다. 그제야 나는 내 뒤를 돌아보았으나 느릿느릿 나를 따라오던 개가 보이지 않았다. 마을에서 들판에서 사람들이 철로에 모여들었다. 천지간에 피비린내만 진동할 뿐 새끼를 밴 개의 형체조차도 찾을 수가 없었다. 그로 인해 기차가 지나가면 모르는 기차를 향해서인지 그 안에 탄 모르는 사람들을 향해서인지 열심히 손을 흔들던 친밀한 행위는 끝이 났다.

손 흔들기를 멈추고 한때 나는 원망스런 무엇인가를 레일 위에 올려놓고 뒤도 안 돌아보고 둑 뒤로 숨어서 기차가 지나가기를 기다렸다. 기차를 기다리며 원망하는 무엇인가를 얹어놓은 레일을 지켜보는 동안의 두근거림은 파멸을 향해 치달아가는 욕망의 마음이기도 했다. 드디어 기차가 기적소리와 폭풍 같은 바람을 몰고 철거덕거리며 다가왔다. 둑 너머에 숨어 있어도 기차가 몰고 오는 바람이 느껴졌다. 기차가 지나가는 시간은 순식간이다. 기차가 막 지나가는 그 순간에 두근거림이 죄의식으로 바뀌곤 했다. 회복할 수 없이 짓이겨지는 바로 그 순간에. 그러나 늦은 것이다. 숨어 있던 장소에서 걸어 나와 방금 기차가 지나간 레일을 응시하면 거기엔 아무엇도 남아 있지 않았다.

제어할 수 없는 속도로 한순간에 어느 지점을 관통해가는 레일 위는 누군가를 여기에서 저기로 데려다주는 길이기도 하나 시간이 영원히 정지해버리는 무덤 속으로 치닫는 길이기도 했다. 기차만 지나가면 손을 흔들었던 행위는 언젠가는 나도 저 기차를 타고 여기가 아닌 다른 곳으로 떠나고 싶은 무의식적인 행위이기도 했을 것이다. 그러나 제어할 수 없는 속도로 기차를 질주시키는 레일은 누군가를 여기에서 저기로 데려다주는 길이기도 하나 조금 늦은 한순간 시간을 영원히 정지시키고 무덤 속으로 데려가는 길이기도 했다. 저기로 가고 싶은 욕망이 실현되기 전에 레일은 수많은 죽음을 먼저 보여주었다. 어떤 아이는 레일을 베고 잠이 들었다가 목이 달아났으며, 어떤 청년은 실연을 견디지 못해 깊은 밤중에 질주하는 기차에 뛰어들었다. 더는 살아갈 힘을 잃은 어느 일가족은 기찻길에서 자살하려다가 아이들만 살아남았으며, 보험을 든 어떤 남자는 두 다리를 레일 위에 올려놓고 기차가 지나가기를 기다렸다. 그때마다 역도 아닌 기찻길 위에서 기차는 섰다. 역이 없는 마을을 관통해가는 레일 위에 기차가 서 있다는 것은 누군가가 죽었다는 것을 의미했다. 그 죽음은 보상은커녕 되려 벌금을 내야 하는 죽음이었으며 형체가 산산조각이 나는 죽음이었다.

철로는 기차만 다니는 길이다. 우리 인간은 순간순간 그곳을 건널 수 있을 뿐이다. 그래서 레일 위는 대개가 텅 비어 있고 기차는 마음 놓고 그 텅 빔 속을 질주한다. 저 앞에 어떤 물체가 발견되어도 질주하는 기차가 그 물체를 피할 도리는 없다. 저기 무엇인가가 있다, 하고 감지할 때면 이미 늦은 것이다. 모든 질주하는 것들의 운명이 그런 것이다.

함부르크, 독일, 1993년

비 오기 전

■

성급히 의자만 들여갔다. 테이블보도 걷지 못했다. 5분 후에 저
거리는 빗소리로 가득 찰 것이다.

안동, 1988년

밥을 함께 먹는다는 것

■

혼자 식탁에 앉아 신문이나 책 따위를 곁에 놓고 읽으면서
밥을 먹는 시절이 길게 이어졌을 때
문득 아버지가 밥을 맛있게 먹는 모습,
밥상 앞에서 빰이 발그레해지도록 분주했던 식구들의 얼굴,
반찬을 밥 위에 얹어주던 손이 생각나곤 했다.

■

1

혼자 밥을 먹는 사람은 어디서나 눈에 띈다.

낯선 곳에 한참 머물게 되면 점심 먹을 식당을 정해놓고 늘 같은 시간에 그 식당엘 찾아가곤 했다. 그렇게 여러 날이 지나면 식당 아주머니와 그 식당을 드나드는 이들과 정이 든다. 아주머니가 귤도 까주고 방금 무친 나물도 내주고, 특별히 생선도 구워주고 하다가 어느 날은 나보고 용기를 잃지 말고 살라고 하였다. 낯선 여자 혼자 밥을 먹고 있는 모습이 무슨 사연이 있겠지, 싶어서 한 말이었을 것이지만, 별 사연도 없는 나는 나도 모르게 서글퍼져서 네, 하고 대답한 적도 있었다.

타자와의 친밀한 척도는 편하게 밥을 함께 먹을 수 있느냐 없느

냐로 정해진다. 매일 먹는 밥이지만 모르는 사람하고는 한 끼도 마주앉아 먹기가 어려운 게 밥인 것이다. 더구나 서먹한 관계의 사람과 밥을 함께 먹다가는 체하고 만다. 밥을 함께 먹는 행위는 그만큼 솔직하다.

2

아버지는 밥을 참 맛있게 드셨다.

밥상에 반찬이라곤 콩자반, 간장, 김치, 된장국, 밥물 위에 찐 멸치무침, 그런 것뿐이라도 그랬다. 아버지가 밥을 어떻게나 맛있게 잡수시는지 아버지 앞에만 뭐 맛있는 게 따로 놓여져 있는 것같이 여겨질 지경이었다. 어릴 적 밥상머리에 앉으면 뭔가 오붓하고 행복한 느낌이 들었던 게 죄다 아버지가 밥을 맛있게 먹는 모습을 볼 수 있어서 아닌가 생각된다. 가장 어른인 아버지가 밥을 맛있게 잡수시니 그 곁에 이렇게 저렇게 앉아 있는 우리도 어느새 소리를 내며 밥을 떠먹었다. 밥맛이 없다가도 아버지가 밥을 맛있게 잡수시는 걸 보고 있으면 나도 먹어야겠다, 하는 의욕이 일어 일단 숟가락에 밥을 푹 떠서 입에 넣고 아버지처럼 씹어보기도 했다.

이따금 아버지가 밥숟가락에 얹어주는 김치 혹은 멸치를 입에 넣고 씹어 먹을 때 전해지던 그 온화함 때문일 것이다. 도시에 나와 살기 시작하면서 어릴 적 식구들이 방 안에 혹은 마루에 둘러앉아 밥 먹을 때가 자주 떠오르곤 했다. 아버지에 대해 생각할라치면 이따금 아버지가 만들어주던 짜장면, 붉은 양념을 발라 석쇠에 구워주던 돼지고기, 한겨울 밤에 술을 한잔 잡수시고 들어와 우리들을 앞에 앉혀놓고 한 장씩 싸주던 김밥 등이 생각나곤 했다.

그 때문일까.

서로 음식을 먹여주는 일이 우리 가족에겐 낯선 일이 아니어서 지금도 식구들이 모여 밥을 먹게 되면 조기를 발라서 혹은 내 미역국 속에 있는 건더기를, 혹은 김치를 찢어서 서로의 접시 앞에 밥 위에 어느 때는 입 속에 넣어주느라 분주한 진풍경이 벌어지기도 한다. 새로 식구가 된 이들도 처음엔 좀 어색해하다가 대세가 그러하니 속으로는 무슨 생각을 하는지 모르겠으나 그냥 쓸려들곤 했다.

혼자 식탁에 앉아 신문이나 책 따위를 곁에 놓고 읽으면서 밥을 먹는 시절이 길게 이어졌을 때 문득 아버지가 밥을 맛있게 먹는 모습, 밥상 앞에서 뺨이 발그레해지도록 분주했던 식구들의 얼굴, 반찬을 밥 위에 얹어주던 손들이 생각나곤 했다. 그럴 때는 읽던 책이나 신문을 덮고 벽에 걸려 있는 모자를 떼어와 맞은편에 앉혀놓고 모자를 툭툭 쳐가며 밥을 먹기도 했다.

아버지가 밥을 맛있게 먹는 모습을 사랑했는지 어머니는 늘 사람은 밥을 맛있게 먹을 줄 알아야 한다고 했다. 밥을 맛있게 먹는 사람이 밥 귀한 줄도 알고 사람 구실도 제대로 한다고 하였다. 식구들이 친구들을 데려오면 어머니는 그중에서 밥을 가장 맛있게 먹는 사람을 흐뭇하게 눈여겨보곤 했다. 우리들이 성인이 되어서 함께 살 사람을 집에 데려올 때도 어머니는 그이가 밥 먹는 모습을 유심히 보곤 했다. 밥을 맛있게 먹으면 안심을 했고 어머니 표현에 의하면 "밥을 깨작거리면" 마땅치 않아 했다. 훗날에도 뭐가 못마땅하면 어째 밥을 그리 먹더라니……, 하였으며 안부도 밥을 잘 먹느냐로 물었다. 누가 아프냐고 묻는 것도 어째 밥을 잘 못 먹더라……, 였다. 어렸을 때 학교에 늦어 아침밥을 못 먹게 생겼을 때도 더운 밥을 찬물에 말아서 먹는 게 아니라 후루룩 마시고라도 가야 했다. 그러지 않으면 혼쭐이 났다. 어머니는 도시락을 안 가져가면 십 리가 되는 길을 걸어서 도시락을 가져다주고 그 먼 길을 홀로 돌아갔다.

3

　사진 속의 방 안에 덩그마니 놓여 있는 밥상은 일 인분이다.
　일 인분인 데도 아홉 가지 반찬이 그릇 속에 참 풍성하게도 담겨 있다. 수저 한 벌이 상 앞에 앉아주길 기다리고 있다. 저 밥상 앞에 앉을 사람은 아마도 여행자인 듯하다. 낡은 노란 장판을 보아하니 어느 시골이나 산중의 민박집인 것 같고 밤에 혼자 피운 담배가 재떨이에 떨어져 있는 것으로 보아 아침 밥상일 듯하다. 이제 곧 아래만 보이는 저 문을 열고 들어와 밥상 앞에 앉을 그가 밤에 쓴 듯한 메모들이 윗목에 펼쳐져 있다. 무어라고 쓰여 있을까. 놓여 있는 폼이 연애편지는 아닌 듯하다. 깨알같이 적힌 읽을 수 없는 글씨들이 아무도 없는 빈 방 안에 놓여 있는 밥상 위의 반찬 맛만큼이나 궁금하다. 간밤 저기에서 민박을 한 그이는 지금 바깥에서 산보를 하고 있거나 세수를 하고 있을 것이다.

　아닌가? 저 사진을 찍고 있는 중인가.

강릉, 1996년

내 친구의 집은 어디인가

■

근데 아까 너 왜 울었어?
그르케 슬픈 영화는 첨 봤다!

■

　내가 열다섯 될 때까지 살았던 마을은 그렇게 촌이었다고 할 수도 없는데 전기가 내가 초등학교 육학년이 되어서야 들어왔다. 전깃불이 들어오기 전의 촌살림의 추억이 어떠한지를 가슴 밑바닥에 간직하고 있는 탓에 내겐 사람살이의 극적 변화를 전기가 들어오기 전과 들어온 후로 가리는 버릇이 있다. 그만큼 전깃불이 들어왔을 때의 느낌이 내겐 충격이었던 모양이다. 방방에 정지에 뒤안에 남포등을 달아놓아도 칠흑이던 집 안이 고 쬐그만 알전구 하나를 마당 빨랫줄에 달아놓았는데 저 뒤안까지 발가벗겨진 듯 환하던 빛의 충격.

　알전구가 발하는 빛을 보고 충격을 먹은 그만한 충격을 대보라면 영화를 처음 봤을 때이다. 십 리는 걸어야 하는 하굣길이면 무슨 얘기를 끝도 없이 들려주던 친구가 있었는데 이름이 미순이였다. 그 애의 입에서 흘러나오는 연작의 얘기를 듣기 위해서 애들은 미순이의 가방을 들어주었다. 행여 미순이가 기분이 상해 얘기를 그쳐버릴까 조바심치는 애들 속에 나도 끼여 있었다. 미순이는 어떻게 저런 얘기를 알고 있을까, 그 자체가 신비였다. 어떤 연유에서인지는 잊었으나 미순이가 돈이 생겼다며 나를 읍내의 영화관엘 데리고 갔다. 읍내에 발을 디뎌본 것도 처음이라 휘황한 터에 영화까지 보았던 그 날은 가히 내 어린 시절의 축복의 날이었다. 정확하지 않을지는 모르나 내가 세상에서 처음 봤던 그 영화의 제목이 〈황혼의 맨하탄〉 아닌가 싶다. 윤일봉, 양정화 주연인 명실공히 성인영화(?)였다. 물론 성인영화라 내 넋이 빠졌겠지만 아, 사람이 저렇게 미남미녀일 수도 있다는 것. 영화에 나오는 도시와 집과 소품 같은 것들을 보며 어마, 어디선가는 사람이 저리 살고 있는가 보네, 싶어 더한 충격을 받았던 것 같다. 이곳이 아닌 다른 곳의 삶을 꿈꾸게 했던 것이 영화였다. 그렇게 매혹되었기에 내게 영화를 또 보여줄 가능성을 지닌 미순이의 손아래가 되어 〈배뱅이〉〈성숙〉 등을 함께 보았다. 미순이의 입에서 이어지고 이어지던 매혹적인 이야기가 영화였다는 것도 알게 되었고, 미순이의 꿈이 양정화 같은 영화배우라는 것도 알게 되었다. 감히 영화배우를 꿈꾸다니…… 싶으면서도 부럽고 부러웠던 미순이.

미순이를 쫓아다니기 시작한 이후로 나는 지금껏 영화라고 하면 허기진 사람이 밥을 찾는 것처럼 쫓아다녔다. 미순이가 나보다 먼저 도시로 떠난 후에 지금은 사라진 정읍의 성림극장이나 유림극장에서 〈나자리노〉며 임예진 주연의 진짜진짜 시리즈 같은 것을 몰래 보다가 적발되어 화장실 청소를 하거나 반성문을 써내던 나도 서울로 왔다. 연이 그랬던 모양으로 우연히 미순일 다시 만나 〈사랑의 스잔나〉 이야기를 또 밤이 새는 줄 모르고 들었다. 그때껏 영화배우가 꿈이었던 미순인 진추아의 노래까지 똑같이 따라 불렀다.

세월이 흘러흘러 마흔이 다 된 미순이가 두 해 전인가 세 해 전인가 내게 전화를 했다. 만나지 못하고 산 세월이 너무도 길어서 얼굴도 거의 잊은 미순이가 출판사를 통해 내 전화번호를 알아내 전화를 걸어와 서로를 확인한 뒤 꺼낸 첫마디가 〈내 친구의 집은 어디인가〉 보러 가자!였다. 나는 이미 그 영화를 본 터였다. 뭣 때문에 그랬을까. 나는 그 영화 봤다!고 안 하고 그래 그러자, 그랬다. 동숭동에 있는 영화관 앞을 약속장소로 정하며 나는 우리가 서로 알아보기나 하려는지 염려가 되었는데 막상 우리는 서로를 금세 알아본 뒤 나란히 앉아 〈내 친구의 집은 어디인가〉를 보았다. 좋은 영화이지 슬퍼서 울 영화는 아닌데 영화를 보는 내내 미순인 울었다. 처음엔 숨죽여 울더니 나중엔 딸꾹질 비슷한 소리까지 내며 느껴 우는 것이다. 아마도 미순이가 우는 소리에 졸고 있던 사람도 몇 깨어났을 것이다. 오랜만에 만나 다짜고짜로 영화관으로 들어갔기 때문에 영화관에서 나온 뒤엔 서로의 그간 인생에 대해서 말할 차례였다.

미순이 물었다.

애가 몇이냐?

나는 그때 결혼도 안 한 터라 없다! 그랬다.

미순이 이어 말했다.

너는 영화배우처럼 유명해졌더라. 신문에도 나고.

내 얼굴을 봐라. 내가 배우 같냐!

슬프지도 않은 영화를 보고 울어쌌더니 뭔 뚱딴지 같은 소리래…… 싫어 팩, 화를 냈다. 밥 먹으러 들어간 기조암에서 미순은 가장 양이 많은 소바정식을 시켜서는 따복따복 다 먹었다. 안 먹냐? 하더니 내 것까지 떠다 먹었다. 우동이고 밥이고 장아찌고 간에 어떻게나 따복따복 떠먹는지 영화관에서 슬프게 울어쌌던 사람 맞는가 싶었다.

내가 물었다.

근데 아까 너 왜 울었어?

그르케 슬픈 영화는 첨 봤다!

더 얄궂어진 내가 물었다.

어느 장면이 그르케 슬프디?

다아.

다아?

그래 다아!

나보고 미순은 니가 나보다 돈 더 많응게 밥값 니가 내라, 했다. 그러잖아도 낼 참이었지만 말뽄새가 얄미워 니가 옛날에 나 영화 보여준 그 값이다! 이걸로 셈 다했다!고 토를 달았다.

그 후로 또 시간이 일 년이나 지나서였을 것이다. 다른 사람한테 미순이가 소아당뇨로 아이를 잃었다는 얘기를 전해 들었다. 헤아려 보니 미순이 갑자기 내게 전화를 걸어와 〈내 친구의 집은 어디인가〉 보러 가자! 했던 그 즈음이었다. 나도 모르는 새 돌이킬 수 없이 된 일이 한둘이겠는가만 한동안 미순이 눈에 밟혀 속으로 미순아, 미순아 불러보곤 했다.

2부

길을 잃고 든 생각들

■

어느 일요일, 아는 분 따님 결혼식에 가는 중에 길을 잃었다. 결혼식장은 양재동이었다. 그쪽 길에 영 서툰 나는 서초동에서 아는 분을 만나 그분 집에 차를 세워두고 함께 가기로 했다. 서초동의 그분 집까지 가는 길은 무슨 연유에서인지 내가 잘 안다고 스스로 생각했다. 내가 사는 구기동에서 광화문에 이르렀을 때 노동자들의 시위로 인해 길이 꽉 막혔다. 거기에 너무 마음이 시달린 탓일까. 오랜 지체를 뚫고 반포대교에 이른 후에 나는 잘 안다고 느끼고 있던 서초동에 사는 분 집으로 어떻게 가야 하는지 갑자기 아득해졌다. 너무나 잘 알기에 의심을 갖지 않았던 길이었다. 순간적으로 바보가 된 기분이었다. 어느 블록에서 우회전을 해야 되지? 몇 번이나 나에게 되물었으나 영 떠오르질 않았다. 그러는 사이 나는 팔레스 호텔 쪽으로 차를 돌렸고 여기가 아닌데 하면서도 우물쭈물하는 사이에 이제 나는 돌아올 수도 없는 올림픽대로를 타고 가고 있었다. 노량진 수산시장이란 간판이 보였을 땐 맥이 빠지고 이마에 식은땀이 났다. 낯선 어딘가의 갓길에 차를 세우고 나를 기다리는 분에게 그냥 결혼식장으로 가시라, 하고는 다시 처음 차를 잘못 돌렸던 곳까지 왔을 때는 이미 결혼식이 끝날 시각이었다. 결국 나는 결혼식장에 가지 못했다.

그 뒤의 또 어느 날인가는 내가 일주일에 한 번은 가곤 하는 남가좌동에서 길을 잃었다. 너무나 빤한 길인데 어떻게 된 셈인지 내가 아는 길에서 벗어나 다른 길에 내가 서 있었다. 어느 쪽으로 방향을 잡아야 집으로 가는지 전혀 짐작이 가질 않았다. 이차선 길인 그 주변을 이리저리 헤매다가 결국 그쪽 길을 잘 아는 후배에게 전화를 걸어야 했다. 어디냐 물어서 명지대학교 앞이라 했더니 그 학교가 오른쪽에 있어요? 왼쪽에 있어요? 물었다. 오른쪽이라 했더니 그러면 유턴을 해서…… 자세히 설명을 해주었다. 후배가 일러준 대로 해서 방향을 잡았으나 정신을 차렸을 때 나는 이번엔 웬 언덕길에 서 있었다. 여기는 또 어디인가. 이정표가 전혀 도움이 되질 않았다. 와락 겁이 났다. 그토록 빤한 길을 잃다니……, 잠시 갓길에 차를 세워두고 어찌해야 집으로 갈 수 있는지를 생각했다. 결국 나는 광화문으로 나가기로 했다. 자동차만으로 십여 년을 다닌 길이니 광화문에서야 설마 길을 잃겠느냐 생각했던 것이다. 어딘지 알 수 없는 언덕길에서 지나가는 이에게 광화문으로 나가려면 어찌해야 하는가 물어 길을 잡았다. 광화문에 성공적으로 이르렀다. 저만큼

교보문고와 동아일보가 보였을 때에야 긴장된 마음이 풀어졌다. 결국 나는 십오 분이면 집에 갈 수 있는 거리를 한 시간을 걸려 돌아왔다.

어제는 산에 갔다.

단풍이 한창일 때는 무슨 일로인지 바로 집 앞에 있는 산인데도 가질 못하고 이제 낙엽이 다 지고 난 다음에야 아는 분들과 약속을 해 산엘 갔다. 셋 다 남자고 나 혼자 여자였다. 산엔 사람이 많았다. 아무래도 내 걸음이 늦었다. 나는 내가 가장 꼴찌로 따라가고 있다고 여겼다. 그랬으므로 뒤는 돌아보지 않았다. 불쑥불쑥 생각나는 이런저런 일들을 벗삼아 앞만 보고 걸었다. 그러다가 비봉에 이르렀을 때 내 앞에 가던 일행들을 놓쳤다. 내 걸음이 너무 늦었나? 나는 그들이 내 뒤에 있을지도 모른다는 생각을 전혀 하지 않았다. 그랬으므로 걸음을 더 빨리했다. 저 멀리 대남문으로 오르는 계곡을 바라보게 되었을 때에야 아무리 그들이 여기까지 쉬지도 않고, 여자인 나를 기다리지도 않고, 저기까지 갔을 것인가? 생각하니 그제야 아닌데…… 싶었다. 그들이 비봉에서 뒤처진 나를 기다리고 있겠구나, 하는 생각이 그제야 들었다. 그들이 올라올까 싶어 기다렸으나 만날 수가 없었다. 비봉까지 다시 내려갔어도 그들을 찾을 수가 없었다. 핸드폰을 빌려 전화를 해보았으나 산중이라 연결이 되질 않았다. 십여 년 동안 산을 다니면서 일행을 잃어보기는 처음이었다. 결국 나는 어느 날 낙엽 지는 이른 아침에 찬란한 깃털을 가진 수꿩을 만났던 계곡 쪽을 쳐다보며 혼자서 산을 내려왔다. 그들은 저 입구에서 나를 기다리고 있었다. 결국 내가 그들을 잃어버리는 통에 서로 갈라져 걱정만 하다가 올라가기로 한 대남문까지는 이르지도 못하고 각자 내려온 셈이다.

사는 동안 아주 낯익은 것이 갑자기 다른 것으로 느껴진다든가, 너무나 익숙한 곳이 처음 와보는 곳처럼 여겨지는 경우는 허다하지만 실제로 너무나 잘 아는 길에서 헤매다보니 나 자신에 대해 어처구니가 없어진다. 이런 나를 믿고 어찌 살 것인가, 과장된 회의마저 든다. 문득 진짜 내가 그 길을 잘 알고 있었는가? 내가 잘 안다고 여기고 있는 그 사람을 진심으로 내가 잘 알고 있는가? 하는 반문이 생긴다. 그런가? 정말 잘 알고 이해하고 있는가? 그 길을? 그 사람을? 그 일을?

담배에 대한 생각

■

내가 대학에 다닐 때만 해도 여학생은 담배를 내놓고 피우지 못했다. 칸막이가 쳐진 학사주점이나 화장실, 남의 눈에 잘 안 띄는 곳에서 피웠다. 마음놓고 피울 수 없으니 오히려 호기심이 생겨서 나도 한번은 담배를 피워봤는데 어찌나 생머리가 아프던지 이후엔 담배를 피우고 싶은 생각이 일지 않았다.

어려서부터 치아가 좋질 않아서 아버지가 자전거에 나를 태우고 읍내의 치과에 다녔다. 애린 이가 있는 뺨 쪽을 아버지 등에 대고 있으면 맡아지는 냄새. 그것이 아버지 냄새라고 여겼다. 갑자기 비가 오거나 할 때 아버지가 방 안에 들어서면 더 짙게 맡아지던 냄새. 중학생이 되었을 때 아버지의 점퍼를 빨려고 주머니에 든 것들을 빼내는데 담뱃갑과 접혀진 지폐가 나왔다. 그때 알았다. 내가 아버지 냄새라고 여긴 냄새의 출처가 싸구려 담배와 꼬깃하게 접혀진 지폐에서 풍겨나왔다는 것을. 그래서였을 것이다. 나는 담배를 피우지 않아도 다른 이들이 연기를 고리 모양으로 동그랗게 말아 올리는 모습이나 손을 잡고 났을 때 손끝에서 말아지는 담배냄새가 싫지 않았다. 목포에서 학창 시절을 보낸 친구가 한번은 다방에서 담배를 피웠더니 뒷자리에 있던 모르는 남자가 와서 자기는 여자가 담배 피우는 꼴은 못 본다고 눈을 부라리는 통에 놀라 담뱃불을 껐다고 했을 때는 함께 분노하기도 했다. 너와 나는 언제나 담배 피우는 모르는 남자에게 눈을 부라릴 수 있을까? 하며. 고시공부를 하다가 디스크로 수술을 받은 오빠가 수술실에서 처음 나와 눈도 뜨지 않은 채 내뱉었던 말은 담배 한 대……, 였다. 그때 담배를 오빠의 입에 물려주었던가 말았던가. 내 힘으로 돈을 벌어 처음 손에 쥐고 시골집에 가게 되었을 때 역전 앞에서 아버지에게 드릴 담배 한 보루를 샀던 기억이 엊그제 같은데 벌써 이십 년도 더 지난 얘기가 되어버렸다.

어느 여름방학에 책을 쌀 수 있을 만큼 싸가지고 시골집으로 내려갔는데 얼마 지나지 않아 다 읽어버렸다. 무료했다. 폭염은 연일 계속되고 담장 위에는 고양이가 앉아 있고 식구들은 다들 어디 갔는지 집엔 나 혼자였다. 바깥에서 돌아온 아버지가 점퍼를 벗어 마루에 던져놓고 다시 나가셨다. 점퍼 안주머니에서 담배개비가 빠져나와 있었다. 그것 한 개비와 성냥을 들고 뒤꼍으로 간 건 순전히 심심해서였다. 그 집의 구조상 뒤꼍은 어느 쪽으로나 돌아 들어오게 되어 있다는 걸 깜박 잊고는 한쪽만 신경쓴 채 머위밭 앞에 쭈그리고 앉아 담배를 입에 물고 성냥불을 켜서 불을 붙였을 때 내가 신경쓰고 있는 반대쪽에서 아버지가 나타났다. 너무 놀라서 담배를 문 채로 아버지를 빤히 쳐다보았다. 나만큼이나 놀라셨을 아버지가 잠시 나를 바라보더니 다시 돌아서 앞마당 쪽으로 나갔다. 불이 붙어 있는 담배를 머위밭에 내던졌으나 이미 늦은 일이었다. 아버지에게 혼이 날 각오를 단단히 하고 있는데 아버지는 그 일에 대해서는 입을 다물었다. 아직도 아버지가 왜 침묵하셨는지는 미욱한 나로서는 알 도리가 없다. 감당이 안 되어 못 본 것으로 하신 것인지, 아니면 다른 뜻이 계셨던 것인지. 다만 그 날 아버지에게 혼이 났다면 나는 아마 두통을 극복하며 담배를 배웠을 것 같은 느낌이다. 인천공항이 생기기 전에 여럿이서 영종도에 놀러갔는데 한 친구가 바다가 내다보이는 언덕에서 담배에 불을 붙이며 이런 풍경 앞에서 한 대 안 피울 수 없지, 했을 때 너무 맛있어 보였으니까. 아버지는 쉰이 되기도 전에 담배로 치명적인 병을 앓기 시작했으므로 더 이상 담배를 사드릴 수가 없었다.

어제는 친구 생일이어서 모처럼 몇몇이 만났다. 그중의 한 친구가 레몬담배를 꺼냈다. 어느 날 통화 중에 친구에게 담배의 해독에 대해서 잔소리를 했더니 그러잖아도 쑥담배로 바꿨다고 했다. 쑥담배? 쑥으로 담배를? 의아했는데 이번엔 레몬담배였다. 처음 샀는데 한 갑에 삼천 원이나 되더라며 투덜거렸다. 그러니까 끊으면 되잖아, 하려다가 담배를 입에 문 딸을 보고도 한마디 안 하던 아버지가 생각나 눌러 참았다. 『담배는 숭고하다』라는 제목의 책이 있다. 담배는 숭고할지 몰라도 담배 피우는 일은 점점 왜소하게 여겨지는 세상이다.

돌마바흐체 궁전에 대한 생각

■

    배를 타고 보스포루스 해협을 따라 내려가면 이스탄불의 신시가에 병풍처럼 드리워진 화려한 구조물들 가운데 아름답고 웅장한 석조건물이 눈에 들어온다. 바로 돌마바흐체 궁전이다. 원래는 목조건물이었는데 큰 불이 난 이후로 십여 년에 걸쳐 석조건물로 재건되었다고 한다. 이 궁전을 재건하면서 든 비용 때문에 오스만 제국이 흔들렸다는 말이 나돌 정도로 돌마바흐체 궁전의 화려함은 탄성을 자아내게 한다. 천장의 눈부신 돔들과 유럽에서 보내온 수많은 헌상품과 잘 다듬어진 대리석, 285개나 되는 방의 각각 다른 실내장식과 아직도 그대로 남아 있는 사방 벽의 색채, 이런 것들을 보면 당대의 호화스런 생활의 극치가 어떠했는지 엿볼 수가 있다. 영국의 빅토리아 여왕이 헌상했다는 탁 트인 홀에 매달린 샹들리에의 무게는 4.5톤인데 750개나 되는 촛불 램프가 켜져 있다. 그걸 보고 있으면 오스만 제국이 누렸던 권력의 정도가 어느 수준이었는가가 짐작이 간다. 궁전 내의 시계는 오스만 제국이 무너진 후 공화제의 초대 대통령인 아타튀르크가 집무 중에 타계한 시각인 9시 5분에 맞춰져 있다.

이 오스만 제국의 마지막 후계자가 오르한이다. 1차 세계대전이 끝나고 물러난 술탄의 왕자였던 그는 15세 때에 자전거를 타고 궁전 뜰에서 놀고 있다가 찾아온 대신들이 울면서 내민 서류에 사인을 한다. 아직 철이 들지 않은 그가 무심히 승인한 그 서류엔 24시간 안에 오르한을 비롯한 모든 왕족들이 무조건 국외로 떠나야 한다는 내용이 담겨 있었다. 남자는 50년 여자는 28년 동안 다시 고국에 돌아올 수 없다는 조항도 들어 있었다. 하루아침에 제국의 후계자에서 거지나 다름없는 빈손의 추방객이 된 오르한은 오스만 제국을 떠나 이집트에 머물렀다. 이집트에서 생계를 유지하기 위해 오르한이 가진 직업은 손가락으로 셀 수 없이 많았다고 한다. 그가 이집트에 머물렀던 이유는 언젠가 터키로 돌아갈 수 있을 때 가장 빨리 갈 수 있는 이웃나라였기 때문이었다. 우연히 오르한이 왕족이라는 것을 알게 된 이집트인이 개인택시를 한 대 내주어 한동안 그걸 운전하기도 했지만 그게 뉴스를 타자 오르한은 터키에 누를 끼친다고 생각해 프랑스로 건너갔다.

프랑스에서 숨어 사는 동안 역시 오르한은 해보지 않은 일이 없을 정도로 여러 직업을 전전하며 살았다. 아무것도 모른 채 자전거를 타고 놀던 15세에 그 화려한 돌마바흐체 궁전에서 쫓겨나다시피

추방당한 그가 다시 터키 땅을 밟을 수 있었던 것은 그로부터 68년이 흐른 뒤였다. 50년이 지난 후부터 계속 탄원서를 냈지만 집권세력은 정치적 이유로 그를 받아들이지 않았다. 그러다가 추방당한 지 68년이라는, 한 인간의 평생에 해당하는 세월이 흐른 다음에서야 겨우 자기 나라 땅의 흙을 밟아볼 수 있게 되었다. 그때 그의 나이 83세. 여론으로 인해 겨우 귀국하게 된 그에게 하고 싶은 일이 무엇인가 물었을 때 그가 바란 것은 단 하나. 어린 시절을 보낸 돌마바흐체 궁전에서 단 5일만 묵게 해달라는 것이었다고 한다. 소년 때 떠난 궁전으로 다 늙어서 돌아와 보내는 5일 동안 그는 궁전의 벽을 일일이 손으로 쓰다듬고 다녔다고 한다.

국민들의 계속된 탄원으로 오르한은 마지막 여생을 터키에서 보낼 수도 있었으나 터키에 세금을 한 푼도 낸 적이 없는 자신은 터키에 살 자격이 없다면서 다시 이집트로 건너간 후 일 년 뒤에 이집트 아파트에서 시체로 발견되었다. 즉위식 때처럼 가슴에 손을 얹은 채였다. 그때까지 그는 독신이었다. 비록 패망한 제국이지만 후세를 남겨 자신처럼 숨어 살게 하고 싶지 않다는 것이 그가 죽을 때까지 혼자 산 이유였다고 한다.

보스포루스 해협을 따라 아름답고 화려하게 펼쳐져 있는 돌마바흐체 궁전을 보면서 듣게 된 마지막 왕자에 대한 이야기는 그야말로 권력 무상을 느끼게 했다. 인간은 왜 그토록 권력을 열망하며 권력의 유무에 집착하는가. 인간은 자유의지를 타고났다고 하는 데도 왜 지나고 보면 주어진 운명으로부터 한 발자국도 벗어나지 못하는 존재에 불과한가. 아시아와 유럽을 가르는 보스포루스의 푸른 물결은 여전히 말이 없다.

책상에 대한 생각

■

그 집에는 책상이 딱 두 개 있었다.

하나는 의자가 딸린 나무책상이었고 하나는 그냥 벽에다 밀어붙여 놓고 쓰는 앉은뱅이 책상이었다. 두 책상 다 책상 꼴만 갖추었지 지금 나와 있는 책상에 비하면 못나기가 이를 데 없다. 게다가 언제부터 그 집에 있던 것인지 귀퉁이는 부서지고 칼질이 북북 그어져 있는 그런 책상이었다. 어쨌거나 세 살 터울의 형제가 여섯이었는데 책상은 그렇게 둘뿐이었다. 의자가 딸린 나무책상은 공부방이라고 부르는 방에 놓여 있었는데 늘 큰오빠 차지였다. 내 부모는 큰오빠가 그 책상에 앉아서 영어책을 소리내어 읽는 것을 좋아했다. 지금 생각해보면 좋아했다기보다 든든해 했던 것 같다. 빈농이랄 순 없으나 넉넉치 않은 살림을 살면서 내 부모의 교육열은 지독하다 싶을 만큼 강했다. 자식이 셋 정도만 되었어도 그리 힘에 부치진 않았을 것이나 여섯이나 되었으니 한 아이 앞에 책상을 하나씩 마련해주는 일조차 벅찼을 건 뻔하다. 큰오빠가 그 책상을 차지하고 앉은뱅이 책상은 둘째오빠나 셋째오빠가 번갈아가며 차지하며 숙제를 하거나 공부를 했다. 나는 넷째였다. 게다가 여자애였다. 숙제를 할 책상은커녕 책을 꽂아둘 알맞은 데도 없었다. 그래서 늘 방 윗목에 교과서나 노트를 밀어놓았고 숙제도 방바닥에 엎드려서 하거나 밥상을 펼쳐놓고 했다. 내 옆엔 늘 여동생이 나와 마찬가지로 방바닥에 엎드려서 엉덩이를 쳐들고 숙제를 하곤 했다. 아마 책상에 대한 욕심은 그때부터 생겨난 것 같다. 어쩌면 책상이라는 것은 상징으로 표출되어 나온 것에 불과한 것이지도 모를 일이다. 그때는 모든 게 다 모자랐으므로 늘 오빠들 것을 물려받아 썼다. 도시락도 물려받아 밥을 싸가지고 다녔고 탈탈 소리나는 고물 자전거도 물려받아 타고 다녔다. 그러다보니 늘 새것을 가져볼 기회가 없었다. 게다가 형제가 많아 각자 방을 쓸 수가 없었으므로 모든 게 마구 섞여 있었다. 내 연필이나 삼각끈이나 그런 것들을 찾아내려면 마루에서부터 광까지 뒤지고 다녀야 했다. 그때 품었던 내 욕망, 온전한 내 책상 하나를 가져보고 싶다,는 그 욕망은 어쩌면 내 책상에 내 책과 공책을 올려놓고 필통도 놓고 머리핀이나 그런 것을 서랍에 잘 넣어놓고 그렇게 온전히 나 혼자 열기도 하고 닫기도 한다면 얼마나 좋을까…… 하는 마음이었을 것이다. 어쨌거나 나는 오빠들이 책상을 비워두면 얼른 그 책상으로 다가가서 노트를 펼쳐놓거나 책을 세워놓고 읽었다. 괜히 큰오빠 흉내를 내며 잘 알지도 못하는 영어

책을 소리내어 읽기도 했다. 그 책상에 앉아 있을 때는 왠지 내가 성인이 된 것 같기도 하고 아무도 방해를 하지 않을 때는 내가 대접을 받고 있는 기분이 들기도 했다. 중학생이 되었을 때던가. 대학 입시를 앞둔 큰오빠와 고등학교 시험을 앞둔 둘째오빠가 잠시 읍내에 나가 살던 때가 있었는데 그때 앉은뱅이 책상을 독차지했을 때 진짜 기분 되게 좋았다. 아마 그것이 내가 태생지에서 책상을 가져봤던 기억의 전부일 것이다.

고등학생이 되어서도 책상에 대한 나의 사정은 나아지지 않았다.

이때는 큰오빠와 외사촌과 나, 그리고 셋째오빠가 서울에 함께 살고 있던 때였는데 역시 그때도 책상은 하나였다. 게다가 모두들 한방에서 살아야 했다. 책상이 필요한 사람은 네 사람인데 하나뿐인 책상. 게다가 하나뿐인 방. 책을 읽을 시간도 별로 없었지만 책을 읽을 일이 있으면 우리가 세들어 살던 집 옥상에 올라가서 읽었다. 숙제를 하거나 편지를 써야 될 때는 다락방에 밥상을 들고 올라가 펼쳐놓고 글씨를 썼다. 빨랫줄과 고동색 항아리들이 즐비하게 놓여 있는 옥상 시멘트 난간에 걸터앉아 책을 읽거나 어두운 다락방에 불을 켜놓고 편지를 쓰다보니 자연스럽게 나중에 돈을 많이 갖게 되면 아주 넓고 근사한 책상을 가져야지, 꿈을 꾸게 되었다. 거기서 글도 쓰고 책도 읽고 밥도 먹고 때로는 낮잠도 자야지.

대학생이 되었을 때 드디어 책상을 갖게 되었다. 큰오빠가 오래 쓰던 나무책상을 내게 물려주었던 것이다. 나는 내가 가지고 있는 것을 모두 책상 위에 쌓아놓았다. 집에만 돌아오면 방문을 닫고 책상에 앉아 있었다. 책상에 앉아 있을 때는 빛이 들어오는 것도 싫어서 좁은 창에 검은 도화지를 붙여놓기까지 했다. 그 책상에 앉아서 마치 배가 고픈 사람처럼 도서관에서 빌려오거나 헌 책방에서 산 책들을 허겁지겁 읽어댔다. 그러다가 급기야는 연결이 되나 안 되나 개연성이 있거나 없거나 소설이란 것을 써보겠다고 날이 밝도록 앉아 있곤 했다. 그 행복은 이 년 뒤에 여동생이 대학생이 되어 서울에 올라오기 전까지 지속되었다. 여동생과 다시 방을 함께 쓰게 되었을 때는 책상이 없어서라기보다는 좁은 방에 책상을 두 개나 놓으면 잘 데가 없어 내 책상을 가지지 못했다. 게다가 내 여동생은 공부벌레여서 학교에 있는 때가 아니면 늘 책상에 앉아 공부를 하는 아이였다. 한 개뿐인 책상을 여동생과 함께 쓰는 생활이 계속되었다. 여동생과 내가 오빠에게서 떨어져나와 그 애가 먼저 결혼을 하게 될 때까지 우리는 넓은 방을 갖지 못했으므로 늘 책상이 한 개였다. 그 애가 결혼한 후 혼자 쓰게 된 책상에 앉아서 이제는 나에게 오지 않고 제부에게로 가는 여동생을 생각하며 때로는 내가 이 책상을 혼자 쓰기 위해 여동생을 못살게 굴어 결혼을 빨리 하게 한 것 아닌가, 하는 생각도 했다. 혼자 이사를 두 번쯤 더 한 뒤 서른이 갓 지났을 때 나는 드디어 얼마든지 큰 책상을 놓아도 될 만한 공간으로 다시 이사를 가게 되었다. 맨 먼저 책상을 짰다. 넓지는 않았지만 충분히 긴 책상이었다. 책을 얼마든지 쌓아놓아도 되었고 읽던 책을 덮어놓고 그 한쪽에서 밥을 먹어도 되고 올라가서 잠을 자도 될 만한 그런 책상이었다. 세상을 다 얻은 듯이 기뻐하며 나는 그 책상과 함께 삼십 대를 보냈다. 그 책상 앞에 앉아 여러 작품을 썼다. 나의 삼십 대란 작품을 쓰며 보낸 것 이외에는 더 보탤 것이 없을 지경으로 나는 작품 쓰는 일에 골몰했다. 인생이란 것은 예측할 수 없기 때문에 신비로운 것이며 그러기 때문에 순간에 충실해야 하는 것이다. 혼자 사는 생활도 익숙해지며, 때로는 좋게 느껴지기도 하며 삼십 대 중반이 지나가고 있던 때 결혼을 하게 되었다. 남편은 책이 너무 많았다. 우리가 함께 살기로 한 집의 가장 큰 방을 채우고도 넘쳤다. 혼자 살 때 쓰던 내 책상은 너무 커서 내가 쓰기로 한 방에 들어가질 않았다. 남편의 책상과 내 책상을 바꾸었다. 비 오는 날 거리에서 옆에 세워둔 첼로에게 우산을 씌워주고 자신은 비를 그대로 맞고 있는 남자가 찍힌 사진이 남편의 책상 유리 밑에 깔려 있었다. 그 책상이 내 방에 들어온 날 나는 그 사진을 오래오래 바라보았다. 남편은 이 책상을 대학생 때부터 썼다고 했다. 이제는 내 책상이 된 남편의 책상에서 지난 사 년 동안 또 여러 작품을 썼다. 이따금 한밤중에 글을 쓰다 말고 책상을 물끄러미 응시하다가 종내는 손바닥으로 쓸어보기도 했다. 우리가 서로를 모르던 시절 남편은 이 책상에 앉아 무슨 생각을 하며 잠을 못 이루었을까? 혼자 추리해보기도 했다. 작년에 단편소설 한 편을 이십 일쯤 걸려 쓰다가 끝날 무렵 내가 비명을 질렀다. 갑자기 허리가 무너질 것같이 아프며 구부리지도 펴지도 못할 지경이 되었다. 바닥에 쓰러져 꼼짝 못하며 고통스러워하는 나를 본 후에 남편은 먼저 의자를 새로 구해주며 좀더 넓고 편안한 책상으로 바꾸라고 했다. 시간이 나면 틈틈히 책상을 구하러 다녀봤다. 지금 새로 갖게 되는 책상이 이 세상에서 내가 갖게 되는 마지막 책상이었으면 싶은 마음이었다. 책상은 너무 많이 봤는데 마음에 쏙 드는 책상을 찾을 수가 없다. 무슨 책상을 찾기에 그러나? 할까봐 책상이 너무 비싸네……핑계를 대며 여태 사질 않았더니 남편은 어디서 돈이 생기면 자꾸 내게 주며 가장 좋은 책상을 사라고 한다. 내 마음에 쏙 드는 책상은 어디에 있는 걸까? 혹시 어린 시절의 우리집 공부방에 놓여 있던 그 못난이 책상. 설마 내가 그 책상을 찾고 있는 건 아니겠지!

개밥 줘야 된다아—

■

　전화가 왔다. 시골의 어머니다. 내일모레면 병원에 갈 일 때문에 서울에 오게 되어 있는 어머니. 목소리가 웅웅거려서 어디야? 하고 물었다.

　무시(무우)밭이다. 서울에 가야 된 게 무시나 한 개 뽑아다가 느그 아버지 나 없는 동안 자시라고 청국장이나 끓여놓고 갈라고. 너한티 할 말이 있어서 잊어버리기 전에 할라고 걸었다아.

　지난 여름에 큰 올케가 핸드폰을 구해다가 어머니 목에 걸어주었다. 거기에는 우리 형제들 전화번호 여섯 개가 입력되어 있다. 아마 어머니는 나와 통화하려고 네 번째 것을 눌렀을 것이다. 처음에는 늙은이가 무신 핸드폰이라냐, 하시더니 이제는 생각나면 어디서나 전화를 걸 수 있고 한 번만 누르면 되니 간편해서 좋다고 하셨다.

　무슨 말?

내가 내일 택배를 부칠 것잉게 집 비우지 말고 받어라.

뭘 부친다고 그래……

결혼하고 여태 김치 한 번 담가본 적이 없다. 김치가 떨어질 만하면 어머니가 시골서 부쳐왔다. 배추김치뿐 아니다. 깍두기, 파김치, 깻잎김치, 갓김치 등등. 늘 말로는 안 부쳐도 돼요, 그러지 마세요, 하면서 부쳐주시면 냠냠, 잘도 먹었다. 어느 날 문득, 어머니 돌아가시면 김치는 누가 담가주나…… 빈 집에 앉아 있을 때처럼 마음이 물끄럼해졌다.

이번에 부치면 김장헐 때까지 먹어라.

나는 무밭에서 핸드폰을 들고 서 있을 어머니에게 한사코 그러지 말라고 한다. 지난번에 부쳐준 게 아직 꽤 남아 있다, 그걸로 김장김치 올 때까지 먹을 수 있다, 아버지 청국장이나 맛있게 끓여놓고 돈 아끼지 말고 표 좋은 거 끊어가지고 올라오시라. 내 말이 길어지니 어머니는 잘 안 들린다이— 하시더니 끊어버린다.

다음 날 도착한 택배 상자 속에서 나온 것들은 김치들만이 아니다.

참기름, 깨소금, 고춧가루, 들깨가루, 생강가루, 고춧잎 된장 속에 박은 것, 토하젓, 호박즙에 굴비 한 두름에, 집간장까지. 어찌나 꾹꾹 눌러 담고 단단하게 묶었는지 일일이 펼쳐보기가 힘이 들 지경이었다.

김치는 열어보지도 않은 채 어머니에게 전화를 걸었다.

엄마, 이번에 김치는 정말 맛있네, 어찌 이리 간이 딱 맞는데……

배추도 너무 잘 골랐어. 입 안에서 아삭아삭 씹히는 게 어쩌나 고소한지 밥 한그릇을 뚝딱 먹어치웠네.

그랬냐!

수화기 저편에서 들려오는 어머니의 목소리에 흐뭇함이 묻어 있다. 딸의 달콤한 칭찬에 아마 입술은 귀에 닿아 계셨을 것이다. 갑자기 어머니의 목소리가 은근해지셨다.

토하젓은 너한티만 보냈거던.

응?

인자는 민물새우 구하기도 힘들구…… 어쨌든 너한티만 보냈응게 다른 식구들한티는 말하지 말라잉. 서운하게 여길랑가 모릉게.

작년에도 똑같은 말을 하셨던 어머니. 밥맛이 없을 때면 이따금 토하젓에 더운밥을 비벼 먹는 내 식성 탓이다. 어머니 말은 귀에 담아 듣지도 않고 발끈 성질을 부렸다. 그렇지. 나 하나가 아니지. 여섯 형제들한테 이 짓을 하고 계시는 거지. 그제야 내 정신이 좀 든 것이다.

엄마, 인자 이 짓 좀 고만 하라니까……. 그러니까 몸이 그렇지. 엄마가 이런 거 안 보내준다고 서운해할 사람도 없구, 밥 못 먹을 사람도 없어요. 사 먹는 게 값도 싸게 먹혀. 제발 일 좀 그만 하고 쉬라니까. 좀 노세요, 놀아!

여태 잘 들렸던 내 목소리가 갑자기 안 들릴 리가 있는가만 어머니는 잘 안 들린다…… 서울 가서 보자, 하며 끊어버리셨다. 마음이 짠하여 다시 시골로 전화를 해보지만 어머니는 받지 않았다.

평생 일을 해오신 분이라 손을 놀릴 수가 없는 분. 닳아지고 텅 빈 채로 어머니의 몸은 조금만 그만하다 싶으면 어느새 일을 하고 있다. 며칠 쉬어 가기로 하고 아버지와 함께 이 서울에 오시면 하루는 어찌 견디고는 이틀째가 될라치면 집에 가야겠다고 나선다. 가서 뭐 할라고? 물으면 개밥 줘야 된단다. 말 못하는 짐승을 굶기면 벌받는다이— 하며 가버리신다.

귀룽나무 아래서

■

　자주 오르내리는 산길에 귀룽나무가 한 그루 있다. 어찌 드넓은 저 산에 귀룽나무가 한 그루뿐일까. 아마 산길 여기저기에 내가 보지 못한 수많은 귀룽나무들이 살고 있을 것이다. 그럼에도 "귀룽나무 한 그루"라고 표현한 것은 내가 그 나무 곁을 지나고 그 나무 밑에서 쉬고 그 나무를 올려다보느라 고갤 쳐들었던 세월이 어느덧 십여 년이 되어가다 보니 그 귀룽나무를 친밀하게 느껴서다. 그 십여 년은 나의 삼십 대이기도 하며 내가 이 마을에 들어와 살기 시작한 세월이기도 하다. 어느 때고 상관없이 산책 삼아 한 시간쯤 산길을 오르내리는 길목에 귀룽나무는 서 있다. 처음에는 그 나무 이름이 '귀룽'인지도 몰랐다. 그저 내가 어느 나무 곁을 지날 때면 나도 모르게 그 나무를 올려다보며 한숨을 쉬기도 하고 감탄하기도 하다가 언제부턴가는 그 나무 밑에서 침묵을 지키며 앉아 있는다는 것을 깨달은 후에야 이 나무 이름이 뭘까 궁금해 팻말을 찾아 읽어보았더니 거기에 귀룽나무라고 써 있었다. 수령이 족히 오십 년은 훨씬 더 되었지 싶다. 그러나 금세 그 이름을 잊었다. 그러건 말건 가파른 길을 숨차 하며 올라가다가 잠시 숨을 고르고 서 있으면 귀룽나무는 항상 저만큼에 서서 바람에 흔들리고 있었다. 산에는 얼마나 나무들이 많은가. 유독 그 나무가 눈에 띄었던 것은 그 자태 때문이었다. 귀룽나무의 둥치는 나 같은 사람 두엇이 양손을 뻗어 싸안아야 할 만큼 아름드리였는데 가지들이 드높은 곳까지 어찌나 풍성하게 퍼져 있는지 한낮이면 나무 그림자가 한참 떨어져 서 있는 내 발치까지 이어졌다. 나무의 품이 그리 넓다보니 나무 아래는 나무의자와 탁자가 몇 개나 놓여 있었다. 오가는 사람들이 자연스럽게 귀룽나무 밑으로 모여들곤 했다. 몇 번 그 나무 밑에서 숨을 다스리다가 대체 보는 사람으로 하여금 이렇게 풍요로운 기분에 젖어들게 하는 이 나무 이름은 무엇인가 싶어 다시 유심히 팻말을 살펴서 귀룽나무라고 적힌 이름을 읽은 후엔 다시 잊지 않았다. 사람관계에서야 더 말할 필요가 없겠지만 자연과의 관계에서도 이름을 알기 전과 알고 난 후의 친밀감의 정도는 차이가 있기 마련이다. 그 길목의 늘 웃음짓게 하는 나무의 이름이 '귀룽'이라는 걸 알게 된 이후로는 산에 가기가 싫다거나 산을 올랐다가도 그만 돌아가고 싶을 적이면 그 나무가 떠오르곤 했다. 강인한 그 아름드리 나무둥치와 하늘을 향해 스스럼없이 뻗어 올라가 땅에 그 그늘을 풍요롭게 이루어내고 있는 나뭇잎새들이 눈앞에서 출렁거렸다. 그러면 산에 오르지 않고는 못 배긴다. 반복되다보니 나는 어느새 그 사랑스런 귀룽나무한테 귀룽이, 귀룽이 하고 있었다. 귀룽이 보러 가자, 혹은 귀룽이한테 가서 쉬다 오자, 이런 식으로. 내가 귀룽이, 귀룽이 하니 어떤 친구는 내가 개를 기르는 줄 알았다고 했다. 쭉 뻗은 둥치 위로 수백의 가지가 사방에 뻗쳐 있다. 나무의 품이 어찌나 넓은지 고개가 한 바퀴 빙 돌려진다. 그때면 늘 하늘과 마주친다. 귀룽나무 자체가 지닌 품과 격을 넘어 하늘까지 보게 하니 그야말로 덕이 많은 나무인 것이다. 그 귀룽나무가 가장 아름다울 때는 초봄이다. 새 혓바닥 같은 연두색 잎사귀가 돋아 있는 귀룽나무의 자태는 누가 봐도 독보적이다. 나는 그 귀룽나무가 마치 내 것이나 되는 양 초봄에 나를 찾아오는 방문객을 그 나무 밑으로 데려가곤 했다. 겨울에 누군가 어두운 얼굴을 하고 있으면 나조차도 할 말을 잃고 있다가 봄이 오면 내 귀룽나무를 보여주겠다 약속을 하기도 했고 때로는 그 약속을 지키기도 했다. 엊그제는 근처로 이사온 후배에게 귀룽나무를 보여줄 요량으로 대낮에 산길을 올랐다. 후배를 놀라게 해줄 생각으로 귀룽나무에 대해 미리 귀띔하지 않았다. 그 나무 곁에 이르자 후배가 먼저 귀룽나무를 알아보았다. 후배는 나무 가까이 가지도 않았는데 탄성을 질렀다. 그가 그럴 줄 알았다. 사계절 중 봄날의 귀룽나무는 그야말로 찬란하니 장님이 아니고서야 그 연둣빛에 마음이 팔리지 않을 도리란 없다. 게다가 비온 뒤끝이었으니. 귀룽나무는 어느 때보다 연두였다. 넓디넓게 퍼진 줄기마다 황홀하게 새로 돋은 잎사귀가 반짝거렸다. 불이 붙은 듯 눈부셨다. 나는 후배와 그 나무 밑으로 들어가 말없이 앉아 있었다. 귀룽나무는 우리뿐 아니라 오가는 사람들을 불러들였다. 처음엔 우리 둘뿐이었으나 좀 지나자 사람들이 귀룽나무 아래 가득이었다. 그들은 산을 오르다가 혹은 내려오다가 저만치서 귀룽나무를 보게 되면 하던 말들을 멈추고 할 말을 잊은 듯 귀룽나무를 바라보았다. 그러고는 곧 생기 있는 얼굴로 변해 나무 밑으로 걸어 들어왔다. 방금 전까지의 근심들을 다 잊은 듯한 표정을 지었다. 모르긴 해도 싸우던 사람들도 그 길의 귀룽나무를 보게 되면 자신들이 싸우던 중이라는 걸 잊어버리고 귀룽나무를 올려다볼 것이다. 산길을 오가는 사람들은 한참씩들 귀룽나무 밑에서 쉬다가 갔다. 간혹 애기들을 나누기도 하나 대부분 침묵 속에서 귀룽나무가 만들어낸 그림자를 응시하곤 했다. 가면서도 돌아보았다. 얼마나 앉아 있다가 후배와 함께 귀룽나무 밑을 떠나면서 나도 돌아보았다. 올 봄에는 후배와 함께였지만 혼자였던 때도 귀룽나무의 기운에 내가 살아 있는 것 같은 황홀한 호사를 몇 년째 누리고 보니 이제 나에게 그 길의 귀룽나무는 하나의 상징이 된 듯도 하다. 문득문득 눈앞이 시어지며 저리 아름드리로 저리 넓은 품을 지닌 소설을 쓰고 싶은 욕망이 불끈 솟아오르는 것이다. 봄날의 찬란한 귀룽나무를 보고 있을 적엔 내가 영원히 싸워야 할 것 같은 허무가 아득히 지워지며 갸륵하게도 뭔가를 생산해내고 싶어서 귀밑이 후끈 달아오르기도 한다. 여름이 다가오면 그 길목의 귀룽나무의 연두색은 초록으로 변한다. 봄날처럼 찬란하진 않지만 나름의 무게를 지닌 채 여전히 오가는 사람들을 제 품 안에 품어준다. 그 밑에서 신문을 보는 사람, 차를 마시는 사람, 그저 상념에 잠겨 있는 사람들은 이따금씩 고갤 쳐들고 귀룽나무를 올려다본다. 그렇게 많은 사람들을 품어주고 있으면서도 귀룽나무는 그저 제 할 일을 하고 있을 뿐이라는 듯 간간이 바람에 흔들릴 뿐이다.

옥수수, 감자……

■

　주문진에 갔던 후배가 돌아오는 길에 어린 소년이 빗속에서 옥수수를 팔고 있어서 두 자루를 사왔다면서 한 자루를 가지고 왔다. 망에 가득 담겨 있는 옥수수를 보고는 식구라고는 둘 뿐인데 어쩌나 싶었는데 문득 지난 봄날에 만났던 오정희 선생님이 하신 말씀이 생각났다. 무슨 얘기 끝에 선생님은 워낙 옥수수를 좋아해서 옥수수가 많이 나는 철에 옥수수를 쪄서 식힌 다음에 바로 한 개씩 호일에 싸서 냉동실에 넣어 놓았다가 겨울에 꺼내 먹는다고 했다. 나는 그 정도로 수고를 들일 만큼 옥수수를 좋아하는 것은 아니지만 기왕 이렇게 옥수수가 푸짐하게 생겼으니 그리 해보자 싶어서 오랜만에 옥수수를 둘러싸고 있는 푸른 거죽을 벗겨내고 옥수수 수염도 뜯어내다가 문득 어렸을 때 생각이 났다.

　여름날 산밭에 가보면 밭가에 빙 옥수수가 심겨 있었다. 멀리서도 다른 밭작물보다도 키가 큰 옥수수는 눈에 잘 띄었다. 옥수숫대에 붙어 있는 잎사귀도 큼직큼직하게 퍼져 있어서 바람이라도 불어 옥수숫대가 흔들리면 보기가 참 좋았다. 옥수수가 열리면 이따금 알이 얼마나 영글었나 확인하려고 지나다니면서 슬며시 만져보기도 했다. 식구는 많고 영근 옥수수는 늘 부족했다. 그래서 어머니는 옥수수만 따로 삶는 법이 없고 이런 여름날이면 감자와 옥수수 그리고 콩을 한솥에 삶아내었다. 누구의 손이든 맨 먼저 옥수수에 갔다. 감자는 많고 옥수수는 적어서 그랬을 것이다. 잘 영근 옥수수는 늘 손이 빠른 오빠들이 차지했던 것 같다. 그래서 여동생과 나는 '이가 숭숭 빠진' 옥수수를 먹거나 감자를 먹었던 것 같다. 나는 옥수수에 대한 탐이 별로 없어서 아쉬울 게 없었는데 여동생은 잘 영근 옥수수를 차지하지 못해서 약이 올라 나중엔 울음보를 터뜨리곤 했다. 그래도 마당에 모깃불을 피워놓고 옥수수랑 감자랑 콩이랑을 한 솥 삶아서 마당에 내놓은 평상에 둘러앉아 까먹고 있으면 무언지 모를 충만감과 안정감이 느껴졌다. 그 기분 좋음은 하늘에 총총히 떠 있는 별 때문이었지도 모르겠고 부모를 곁에 두고 여섯이나 되는 형제들이 다 모여 있다보니 저절로 생긴 가족적인 분위기 같은 것이었을 수도 있다.

옛날과 달리 너무 많이 내 앞에 놓여 있는 옥수수 거죽을 벗기다가 그때 생각이 나서 옥수수만도 양이 많은데 뒤쪽에 양파랑 함께 내놓은 감자를 꺼내와 옥수수랑 함께 쪘다. 그러느라 두 번 찌면 족할 것을 세 번에 나눠 쪄야 했다. 추억이란 때로 이렇게 허망한 짓에 몰두하게 한다. 쪄놓은 옥수수와 감자는 큰 바구니로 가득이었다. 누군가 와서 좀 퍼갔으면 싶었다. 그 중에서 옥수수 한 개 감자 한 알을 먹으니 배가 불러버렸다. 어린 시절에 먹었던 맛과 지금 맛이 뭐가 그리 다를 것인가. 그러나 옥수수니 감자 같은 것은 여럿이서 모여 가운데에 놓고 같이 먹는 맛이란 게 따로 있는지 단출히 먹으려니 한 개 이상은 더 먹을 생각도 먹고 싶지도 않았다. 할 수 없이 찐 옥수수를 한 개씩 호일에 싸서 비닐봉지에 한꺼번에 담아 냉동실에 넣으니 한 칸이 가득 차버렸다.

그러고는 식탁에 덩그마니 찐 감자 한 접시가 남았다.

내가 자라던 마을에서는 감자를 '하지감자'라고 불렀다. 그게 습관이 되어 나는 아직도 슈퍼마켓에 가서 감자 있는 곳을 물을 때면 하지감자 어딨어요?라고 묻는다. '하지감자'가 무엇인지 모르는지 감자를 앞에 두고는 그런 건 없다,고 하는 사람도 있다. '하지감자'란 내가 자란 그쪽 지방의 방언이 아닌가 생각된다. 감자알이 막 배기기 시작했을 때부터 알이 굵어져 감자 캐기가 시작될 때까지 그쪽 지방에서 감자는 큰 몫을 했다. 햇감자가 나는 때에는 밥을 지을 때 밥물 위에 얹어두면 밥풀이 덕지덕지 묻은 감자를 젓가락에 끼워서 호호, 식혀 먹을 수가 있었다. 그때 그 햇감자 맛은 거의 밤맛이었다. 논일을 할 때면 밭에서 막 캐온 감자를 통째로 넣어 붉은 갈치찜을 한 솥 해서 밥과 함께 논에 내가기도 했다. 말이 갈치찜이지 보리를 베던 사람들이 논둑에 모여 앉아 먹는 것은 대개가 다 감자뿐이었으나 참 맛나게들 먹었다. 그 맛을 까마득히 잊어버리고 있었는데 몇해 전에 광주에 내려갔을 때 그쪽 선배가 데리고 간 시장통 안의 식당이 감자 갈치찜을 주메뉴로 하고 있었다. 옛날처럼 감자가 주가 아니라 갈치가 주이긴 했으나 우선 반가워서 옛날 생각을 하면서 참으로 맛있게 먹었다.

어렸을 때 감자 캐는 재미는 참으로 쏠쏠했다. 특히 비가 온 다음에 감자 좀 캐오라는 어머니의 명을 받고 밭에 나가 감자 줄기를 잡아당기면 땅속으로 퍼진 줄기에 매달린 하얀 감자알이 주렁주렁했다. 줄기에만 아니라 조금만 흙을 손으로 더듬으면 감자가 쑥쑥 딸려 나왔다. 감자는 캐도 캐도 또 나올 것 같이 계속 나왔다. 본격적으로 감자 캐는 날엔 온 식구가 밭에 나와 감자를 부대에 담고 담아도 남아돌았다. 다 캤다고 생각해도 그 밭에 다른 작물을 심으려고 밭의 흙을 뒤집을 때면 또 나왔으므로 또 한참 감자를 주워내곤 했다. 그걸 곳간 바닥에 부어놓았다가 여름내 쪄먹었던 것이다. 그 기억 때문일 것이다. 내게 감자는 캐도캐도 쪼 나오는 마르지 않는 것이어서 나중에는 먹는 것으로서가 아니라 무엇이 모자라거나 결핍을 느낄 때면 풍성한 것의 상징으로서 감자가 생각나곤 했다.

지난 4월에는 모처럼 남도 쪽으로 여행을 갔었다. 해가 뜨기 전인 새벽에 자동차를 타고 해남 쪽을 달리다보니 그때 벌써 밭에 나와 수많은 여인들이 머리에 수건을 쓰고 일을 하고 있었다. 무슨 일을 저리 열심히 하나 하고 눈여겨 봤더니 감자를 캐고 있었다. 그제야 자세히 보니 그동안 지나쳐왔던 드넓은 푸른 밭이 모두 감자밭이었다. 감자밭 너머로는 바다였다. 감자 캐는 여인들 뒤로 이미 캔 감자들이 수두룩했고 이미 캔 감자를 담아놓은 상자들도 셀 수도 없이 많이 나열되어 있었다. 그걸 보는 순간 나도 감자를 캐고 싶어 손이 간질간질했다. 차를 세워보라 하고는 감자밭 쪽으로 가봤다. 캐지는 못할지라도 한 상자라도 사고 싶었으나 그들은 감자들을 캐느라고 지나가는 사람은 쳐다보지도 않았다. 아마 해가 뜨기 전에 그 큰 밭의 감자를 다 캘 모양이었다. 소위 '밭떼기'용 감자인 모양이었다. 그래서 신새벽에 바다를 등지고 푸르게 펼쳐져 있는 감자밭에서 감자를 캐고 있는 여인들을 실컷 바라만보다 왔다. 이 도시에 돌아와서도 그때 감자를 사고 싶었던 마음을 거두지 못하고 있다가 트럭에 감자를 싣고 온 아저씨한테서 감자를 한 망 샀다. 몇 알만 사도 될 터인데 한 망을 샀던 저변에는 감자가 주는 그 풍성함을 다시 느껴보고 싶었던 마음이 깔려 있었을 것이다. 옥수수와는 달리 여름 내내 온 식구를 먹이고 또 먹여도 남아 있던 그 감자에 대한 추억이 그리 많은 감자를 사게 만들었을 것이다. 그러나 두 달이 지나는 동안 우리 둘이 먹은 감자는 단 몇 알에 불과하다. 아직도 감자는 푸르게 싹이 틀 지경으로 수북하게 쌓여 있다. 그 감자를 볼 적마다 아무리 많이 캐서 쌓아놓아도 여름이 이만큼 지날 때는 바닥이 드러나곤 했던 어린 시절이 떠오르곤 한다.

식탁 위에 올려놓은 찐 감자 한 접시는 이틀이 지난 지금도 그대로 있다.

피아노 배우는 남자

■

　삼청동에 나가본 사람들은 알겠지만 근 일이 년 사이에 삼청동은 몰라보게 변했다. 인사동의 화랑들이 삼청동으로 들어가는 입구라고 할 수 있는 사간동으로 이동하면서 삼청동 또한 그 영향을 많이 받은 것 같다. 20대 후반에 삼청동에서 여동생과 내가 함께 살던 때가 있었다. 총리공관 옆의 이층 방이었는데 우리가 쓰던 부엌에서 보면 총리공관의 수목들이 한눈에 보였다. 울창한 숲에 까치들이 앉아서 얼마나 시끄럽게 굴던지 우리는 자주 새벽잠을 설치곤 했다. 그때의 삼청동도 나름대로 운치가 있었다. 사간동을 지나 걸어 들어오면 작은 한옥들이 오밀조밀하게 붙어 있었는데 서울에서는 흔치 않은 양복점이며 쌀집 방앗간들이 좁은 거리를 향해 나 있었다. 그 안을 들여다보며 집으로 오는 재미가 괜찮았다. 안쪽의 골목 길로 한 발짝만 들어가면 끝도 없는 골목이 이어졌다. 골목을 향해

나 있는 문간방의 창문을, 그 안에서 수틀에 수를 놓고 있던 처녀가 내다볼 것 같은 분위기였다. 거기 살 때는 이른 아침에는 뜀박질을 해서 박물관 정원으로 조깅을 나갔고 별일 없는 저녁에는 밥을 먹고 여동생과 함께 삼청공원 안에 있는 약수터로 물을 뜨러 갔다. 석조건물 앞뒤로 이슬이 밴 꽃과 나무들 사이를 걷는 아침 뜀박질도 벅차고 즐거웠고 안으로 들어갈수록 넓어지는 삼청공원으로의 저녁 산책도 오래 기억에 남는다. 공원 안의 약수터 앞에는 늘 사람들이 물통을 들고 줄을 서 있었다. 우리는 물통을 줄 세워놓고 밤공기 속의 공원 여기저기를 쏘다니다 오곤 했다. 줄이 길었던 만큼 물을 뜨려고 엎드리면 바가지가 땅에 닿아도 물이 없는 날이 허다했다. 물을 떠오는 게 아니라 물을 긁어오는 형국이었으니 물을 뜨러 가서 갈증만 더한 꼴이었다. 비가 내렸던 어느 날 자정 무렵에 여동생이 그 시간에 약수터에 가보자고 했다. 비가 내리니 사람들이 없을 거라는 거였다. 물을 떠오겠다는 생각보다도 빗속을 찰박거리며 걷는 게 재미있겠다 싶어서 동생을 따라나섰다. 동생 말대로 약수터엔 사람이 전혀 없었다. 그리고 다른 날처럼 물바가지를 안으로 밀어넣고 엎드릴 것도 없었다. 그냥 바가지를 밀어넣었을 뿐인데 바로 물이 닿아서 바가지가 오히려 물 위에 동동 뜨는 것이었다. 너무나 기쁜 마음에 어마, 탄성을 내질렀던 것 같다. 엎드려서 깊이 바가지를 밀어넣어도 닿지 않았던 물이 손이 다 들어가지도 않았는데 찰랑찰랑 닿았으니. 그때의 느낌이 꽤나 쾌적하고 좋았던 모양이다. 세월로 치면 십오 년가량이나 흘러간 일인데 바가지에 닿던 찰랑거리는 물의 느낌이 이렇게 생생한 걸토니.

그때에 비하면 지금의 삼청동은 근 일이 년 사이에 몰라보게 세련되고 현대화되었다. 길 쪽으로 창이 나 있던 한옥들은 대개 다 리모델링이 되어 상점으로 변했다. 설렁탕이나 수제비 정도가 그 길의 음식이었다면 지금은 스파게티 전문점이 여럿이고 케익 전문점도 생겼고 포도주를 마실 수 있는 카페도 여럿이며 한정식이나 서양음식을 파는 레스토랑도 여럿 들어섰다. 틈틈이 들어가보고 싶은 작은 화랑과 공방들이 정답게 들어서 있기도 하다. 그 대가로 예전에는 산보하기 좋았던 한적한 길이 이제는 번잡해졌다. 전시회도 볼 겸 사람도 만날 겸 해서 바깥에서 약속을 할 일이 생기면 그쪽을 자주 이용하나 주말 같은 때는 삼청동에 갈 엄두를 못낸다. 도로는 폭이 좁은데 오가는 자동차들이 꽉 차서 오도가도 못하는 상황에 놓이기 때문이다. 삼청동이 변화되면서 그 길을 다닐 때면 나도 모르게 예전에는 저기에 뭐가 있었는데 하면서 자꾸 비교해보는 버릇이 생겼다. 예전에 있었던 그 뭐가 없어지긴 했어도 다른 거리에 비해서 삼청동 길의 변화는 긍정적으로 받아들여진다. 예전 것을 완전히 다 없애버리고 새로 짓거나 하지 않고 예전 것을 발판 삼아 나름대로 주변과 조화를 이루고 있어 그럴 것이다. 변화할 수밖에 없다면 삼청동처럼 변하는 게 좋을 것 같다. 덕분에 땅값도 몰라보게 올라서 한번은 그쪽에 작업실을 가져볼까 하고 복덕방에 물었더니 엄두가 안 날 정도로 임대료가 뛰어 있었다.

내가 가끔 차를 마시러 가는 삼청동의 그 카페는 그 거리에서는 보기 드물게 높은 5층 건물 안의 4층에 있다. 사진을 찍으러 갔다가 이후엔 가끔 가보는 곳이다. 창가에 앉으면 삼청동이 한눈에 보이는 게 마음에 들었다. 삼청동 길의 가로수는 은행나무인데 밑에서만 보던 은행나무의 꼭대기의 잎새들이 바로 눈앞에서 찰랑거리니 시원했다. 주인은 삼십 대 중반의 남자로 예전에는 레코드 가게를 했다고 한다. 안경과 곱슬머리가 잘 어울리는 사람이었다. 예전에 레코드 가게를 한 사람답게 그는 음악에 대해서 무척 해박했다. 그래서 거기에 가면 다양한 종류의 음악을 성능 좋은 앰프와 스피커를 통해 실컷 들을 수가 있었다. 커피와 홍차를 내올 때면 어찌나 정성을 들이는지 맛보다도 그 정성으로 인해 손님 대접을 받고 있다는 인상을 주었다.

비가 내리던 어느 날 오랜만에 친구와 만나 비 오는 날엔 짜장면이 최고라며 점심으로 짜장면을 먹고는 차를 한잔 마실 생각으로 찻집을 찾다가 그 집 생각이 나서 우리가 있던 데는 삼청동이 아니었는데도 빗속을 뚫고 그 집엘 갔다. 은행나무와 눈을 맞추며 삼청동을 바라보며 홍차를 마실 생각이었다. 계단을 올라가니 피아노 소리가 들렸다. 초등학생이 이제 막 피아노 선생한테 피아노를 배울 때 나는 그런 딩똥거리는 소리였다. 처음에 나는 카페에서가 아니라 5층 살림집에서 나는 소리인 줄 알았다. 카페에서 피아노를 본 적이 없었기도 했고 피아노라고는 한 번도 쳐보지 못한 사람의 딩똥거리는 소리였기 때문이다. 그런데 카페 문을 열고 들어가보니 그 집 주인이 피아노 앞에 앉아 있었다. 그 곁에는 여자가 같이 앉아 있어서 주인이 저 여자한테 피아노를 가르치는 모양이구나, 생각했다. 주인은 눈인사만 하고는 다시 그 여자와 머리를 맞대었다. 자세히 보니 피아노 건반을 딩똥거리는 사람은 주인이었고 그 여자는 피아노 선생이었다. 비가 내려서인지 아니면 한낮이어서인지 손님이라곤 친구와 나뿐이었다. 친구와 나는 딩똥거리는 소리를 들으며 차를 마셨다. 좋게 보면 뭐든 다 좋게 보인다고 다른 때 같으면 시끄럽다고 느꼈을 그 딩똥 소리가 그럭저럭 견딜 만했다. 피아노 선생이 간 후에 주인 남자가 왔다. 중학교 때부터 피아노를 배우고 싶었는데 그럴 기회가 없었다고 했다. 이십 대에 배워볼까 했으나 어쩐지 너무 늦은 것 같아 시작하지 않았다고 했다. 삼십 대 중반이 되었는데도 피아노를 향한 마음이 그대로이더란다. 이십 대 때 시작했으면 벌써 십 년은 지났으니 잘 칠 텐데 너무 늦었다고 생각하고 실행하지 않은 게 후회된다고 했다. 그렇게 또 십 년을 보낸 후에 같은 후회를 하고 있을 것 같아서 피아노를 배우기로 하고 중고 피아노를 샀고 일주일에 세 번 레슨을 받고 있다고 했다. 손님들 앞에서 피아노 연주를 해보고 싶은 꿈이 있다고 말하는 주인 남자의 손가락 위로 방금 딩똥거리는 소리가 겹쳐져서 아이구, 어느 세월에 하는 마음이 들기는 했다. 그런데도 변화하는 삼청동이 내다보이는 그 카페의 주인이 이런 남자였구나 생각하니 안심도 되었고 문득 그 남자의 십 년 후가 궁금해지기도 했다.

3부

마드리드, 스페인, 1994년

모자

■

자주 오가는 길에 누가 새 모자를 버렸다.

세상에 여기에 모자를 버리다니……, 누군지 궁금했다.

내 얼굴만 했던 모자는 내가 자꾸 바라보니 점점 커지더니 지붕 만해졌다. 요즘 하루 걸러 비가 오니 그 모자 위에 빗방울이 고이고 구르고 맺히고 떨어진다. 아는 이가 한 사람도 없는 것 같은 때는 지붕만해진 모자를 물끄러미 본다.

강릉 경포대 해수욕장, 강원도, 1998년

여름 바다

■

왜 그 여자에게 저 바다는 죽음의 장소가 되었을까.
바다에서 생을 끝마치면 그 물길을 타고
아주 낯선 곳에 갈 수 있다고 생각했을까.

■

여름 바다에 다녀온 후배가 올해는 다른 때와는 바다에 나와 있는 사람들이 좀 다르다고 했다. 뭐가 다르냐고 물으니 수영복을 입지 않고 셔츠와 반바지 차림으로 물놀이를 하는 사람들이 많았다고 했다. 한여름에 바다에 가본 적이 없는 나는 다른 때는 안 그래? 물었다. 다른 때는 남자들은 보통 웃통을 드러내고 있고 여자들은 수영복 차림이었던 것 같아요,라고 대답했다. 그런데 이번엔 수영복을 챙겨 입은 사람이 오히려 눈에 띌 정도로 모두 옷을 입은 채 바다로 뛰어들더라니까요, 했다. 그쪽 바다만 그런 건 아니고? 되물었더니 아니요, 가는 곳마다 다 그랬어요. 그 일대를 쭉 돌았거든요,라고 대답했다.

여름 바다 풍경에 대해서 지치지도 않고 이것저것 묻는 내게 후배는 드디어 여름 바다에 한 번도 안 가봤어요? 물었다. 안 가봤어……. 내 말이 믿기지 않는지 후배는 나를 물끄러미 보았다. 아직 여름 바다에 한 번도 안 간 것이 그리 쳐다볼 일이기까지 한가 싶어 나도 후배를 물끄러미 보다가, 한 번 가보았다! 무슨 발견이라도 한 듯 소리까지 쳤다.

어느 해던가.

온 여름 동안 비가 내리던 해였다. 팔월이 다 가도록 비가 내려서 바닷가 사람들이 해수욕장 개장을 했으나 사람이 없어 쩔쩔매었던 그런 여름이었다. 일주일쯤 머물러야지, 생각하고 시골집에 갔다가 이틀 만에 다시 이 도시로 돌아왔다. 무슨 일이었는지는 잊었으나 시골집에 있고 싶지가 않은 일이 생겼다.

어머니하고 싸웠던 것일까?

지금은 아니지만 젊은 날 한때 나는 늘 어머니와 싸웠다. 어머니에게 어머니가 뭘 아느냐고 대들었다. 나 좀 가만 내버려두라고. 내일은 내가 알아서 한다고. 만만하게 싸울 사람이 내겐 어머니뿐이었던 것 같다. 어머니와는 싸워도 헤어지지 않으니까. 내가 잘못했는데도 어머니가 먼저 다시 품어주니까.

고속버스를 타고 다시 서울 터미널에 내리자 막막했다. 시골집에 있고 싶지 않았으나 이 도시에 있고 싶지 않았다. 어디로든지 가서 꼭꼭 숨었다가 나타나고 싶었다. 시골집과 이 도시만 아니라면 어디든 괜찮을 것 같았다. 그래서 탄 버스가 경포대 가는 버스였다. 처음 가보는 곳이었다. 언젠가 꼭 한번 가봐야지, 했지만 그렇게 혼자서 가게 될 줄은 몰랐었다. 호수에도 바다에도 비는 계속 내렸다.

비가 내리는 바다엔 사람이 없었다. 발이 모래밭에 푹푹 빠졌고 엉덩이를 대고 조금 앉을라치면 축축하게 젖었다. 나는 내륙에서 자라 산과 벌판과 평야에 익숙한 사람이었다. 그만 비 내리는 낯선 바다 풍경에 마음이 팔려버렸다. 아무도 없는 바닷가를 비처럼 왔다 갔다 했다.

밤이 되어 언덕 위에 있는 호텔에 찾아갔으나 내가 가지고 있는 돈으로는 하룻밤밖에 잘 수가 없을 것 같아 다시 언덕을 내려와 여관에 들었다. 창을 열면 모래펄과 바다가 내다보이는 곳이었다. 잠을 이룰 수가 없었다. 낯선 곳에 와서 혼자 여관에 들어서가 아니다. 파도가 그렇게 큰 소리를 낸다는 것을 그날 처음 알았다. 설핏 잠이 들었다가도 바로 방문 앞까지 철썩철썩 밀어닥치는 것 같은 파도 소리에 금세 잠이 깨곤 했다. 어쩔 수 없이 밤새 파도 소리를 듣던 그런 밤이 있었다.

아침이 되어서야 겨우 잠이 들었으므로 나는 노크하는 소리를 듣지 못했다. 누군가 큰 목소리로 나를 흔들어대며 아가씨 아가씨, 부르는 소리에 눈을 떠보니 여관 아주머니였다. 내가 눈을 뜨자 아주머니는 그제야 가슴을 쓸어내렸다. 아침잠을 방해받는 일은 그 여관에서 묵는 사흘 동안 내내 일어났다. 파도 소리 때문에 잠을 잘 수가 없다는 것을 알게 된 후에는 일부러 잠을 자려고 애쓰질 않았다. 잠이 오면 자고 깨어나면 아예 파도 소리를 들으며 책을 읽거나 무언가를 했다. 그리고 아침 무렵에야 잠이 들었다. 그랬다가 오전 열한 시쯤 되면 첫 날처럼 방문을 열고 들어오진 않았으나 여관 아주머니의 방문을 두들기는 듯한 노크 소리에 일어나 앉곤 했다. 대체 왜 그러냐고 짜증을 내면 요구르트를 내밀곤 했다. 아주머니는 옆방에도 혼자 온 사람이 있는데 서로 인사시켜줄까? 묻기까지 했다. 서로 친구하면 좋지 않겠느냐면서. 혼자 숨어 있고 싶어 왔는데 사람을 소개받으라니.

여관 아주머니의 간섭이 귀찮아서 더 이상 그곳에 머무르고 싶지 않을 지경이었다. 내가 낮에 혼자 바다에 나가도 내 뒤에 아주머니의 눈이 붙어 있는 것 같았다. 내가 들어가볼 수 있는 데까지 들어가보려고 바다에 들어가면 어김없이 여관 쪽에서 아주머니가 나를 불렀다. 더 있을 수도 있었는데도 그만 가방을 꾸렸다. 떠나오는 날에야 아주머니가 미안하다고 했다. 여자가 혼자 바다를 찾아오면 불안하다고 했다. 혼자 와서 밥도 함께 먹고 민화투까지 함께 치다가 약을 먹고 죽은 여자가 있었다고 했다. 나는 그제야 내가 나도 모르는 사이에 죽으러 온 여자로 오해받고 있었다는 걸 깨달았다.

까마득히 잊어버린 어느 해 여름에 혼자서 바다에 갔다온 옛얘기를 하는 동안 이제는 잊혀진 아주머니가 말했던 바다에서 죽은 여자 생각이 났다. 그 여자는 왜 죽음의 장소로 바다를 생각했을까. 저기 사진 속의 저 남자는 아무도 없이 혼자지만 유희의 장소로 바다를 택했는데 왜 그 여자에게 저 바다는 죽음의 장소가 되었을까. 바다에서 생을 끝마치면 그 물길을 타고 아주 낯선 곳에 갈 수 있다고 생각했을까.

아니면 그 물길을 타고 아무것도 훼손되지 않은 처음으로 다시 돌아갈 수 있다고 생각했을까.

그 가방을 들고 여관을 나오는데 그때까지 여름 바다엔 비가 내리고 있었다.

파리, 프랑스, 1995년

새

■

새는 마치 날개 한쪽을 떨어뜨리고 가는 듯이
천천히 다른 하늘 속으로 날아갔다.

■

봄에, 한 사흘 짬이 나서 그와 함께 남도 쪽으로 자동차 여행을 했다. 그나 나나 길눈이 어두워서 어디어디 가야지, 해놓고는 막상 그 어디어디 근처에나 가게 된다. 하동과 구례 쪽을 돌다가 점심 먹을 곳을 찾고 있는데, 일부러 찾으러 다닌 것도 아닌데 언젠가 성묘 가는 길에 들러서 점심을 먹던 굴다리 옆의 식당이 나타났다. 그곳의 갓김치가 얼마나 맛있었는지. 내가 갓김치를 너무 맛있게 먹으니까 형님이 식당 주인한테 갓김치 좀 팔라고 했다. 우리는 갓김치 집이 아니라 밥집,이라고 주장하며 거절하던 곳이었다. 어머니와 아버지가 묻힌 산소는 그곳에서 가까웠다. 굴다리 식당의 창가에 자리를 잡고 바깥 개울을 보고 있는데 마치 두루미같이 다리가 긴 새 한 마리가 개울에 내려와 앉았다. 그날 앞뒤로 비가 왔었는지 개울물이 많이 불어나서 징검다리로 놓여져 있었을 돌들도 다 물에 잠겨 있었다. 새는 물속의 징검다리를 밟으며 우리 쪽을 쳐다보다가 퍼뜩 날아오르다가 다시 내려앉곤 했다. 물은 황톳물이었다. 날개가 황톳물에 젖어들곤 했다. 밥을 먹는 동안 나는 자꾸 그 새가 밟히어 밥을 한 번 떠먹고 또 쳐다보곤 하였다. 우리가 밥을 다 먹을 때까지 새는 그렇게 우리 시야의 물속에 머물렀다. 새의 움직임을 바라보는 동안 엉뚱하게 어머니인가, 싶었다. 한번 그렇게 생각하니 정말 그런 것 같았다. 내가 수저를 내려놓으며, 아무래도 어머니가 이 근처까지 왔다가 산소에 들르지 않는다고 야단치려고 우릴 찾아온 것 같다, 하니 새는 마치 날개 한쪽을 떨어뜨리고 가는 듯이 천천히 다른 하늘 속으로 날아갔다.

강경, 충남, 1994년

새벽 버스정류장

■

멀리 떠났던 사람이 버스를 타고 돌아오기도 하고,
또 나 같은 사람은 그 자리에서
버스를 타고 그 고장을 떠나기도 했다.

■

그 고장엔 그리 산골짝도 아닌데 버스가 하루에 두 번 지나다녔다. 그것도 눈이 많이 오거나 폭우가 쏟아지면 버스는 오지 않았다. 집에서 읍내까지는 십 리쯤 되는 길이었는데 버스가 이리 드문드문 다니니 버스정류장이 따로 있을 리가 없었다. 그냥 마을 앞 신작로 앞에 서 있다가 버스가 오면 손을 들어 탔다. 버스가 저만큼 출발했어도 뒤에서 쫓아가며 버스 서요, 서요, 하면 달리던 버스가 서서 사람을 기다려주기도 했다. 읍내의 버스정류장은 강아지며 오리새 끼며 말린 고추나 깨나 콩 따위를 파는 장소이기도 했다. 돈이 귀했던 촌사람들은 집에서 개가 새끼를 낳거나 닭이 알을 낳은 게 열 개 쯤 모아지거나 하면 싸가지고 읍내로 팔러 갔다. 장사치들은 버스가 도착하기를 기다렸다가 시골에서 버스를 타고 나온 촌사람들의 보따리나 바구니를 먼저 받아서는 그 자리에서 흥정을 하곤 했다.

배차시간이 정해져 있었겠으나 맞춰 오는 게 아니어서 급한 일로 읍내에 일을 보러 가야 하는 사람들은 버스를 기다리질 않았다. 남자들은 자전거를 타고 급한 볼일을 보러 가고 여자들은 황새걸음으로 걸어다녔다.

*

중학생이 되었을 때 사정은 달라져서 그 고장을 지나가는 버스가 여러 대 생겼다. 왕림이나 고창으로 들어가는 것도 있었고 천원리나 연월리로 들어가는 버스, 그리고 진산리로 들어가는 버스가 생겼다. 노선이 다르긴 하나 이 버스들은 우리 마을 앞을 지나야만 읍내로 갈 수 있었다. 목적지가 다른 이들 버스가 하루에 두 번씩만 운행된다 하여도 여섯 번이나 되는데 이른바 통학버스라고 불리는 시간대에는 삼십 분 간격으로 세 대의 버스가 아침저녁으로 운행되었다. 버스가 자주 지나다니게 되자 누가 지정하지도 팻말이 따로 붙어 있는 것도 아니었지만 신작로 앞 커다란 농협창고 앞은 버스정류장이 되었다. 의자가 놓여 있는 것도 차양을 친 것도 나무 한 그루가 심어져 있는 것도 아닌데 사람들이 거기 서 있게 되자 버스도 그 앞에서 와서 서게 되었고 그것이 반복되다보니 그곳이 버스정류장이 되었다. 여전히 통학시간 그것도 학교엘 가야 하는 아침 시간만 제외하고는 버스 시간이 정확히 지켜지는 건 아니어서 급한 사람들은 여전히 자전거를 타고 읍내에 다녔다. 그러면서도 버스정류장은 차츰 마을 사람들의 소식을 전해 듣게 되는 장소가 되었다. 버스가 저 멀리 먼지를 일으키며 오는지 안 오는지를 목을 빼고 기다리는 동안 누구네 집 딸이 아이를 낳으러 왔다는 둥, 누구네 집 안방에 붙어 있는 벽시계를 도둑맞았다는 둥, 누구네 집 아들이 공무원 시험에 합격했다는 이야기들이 오고갔다. 멀리 떠났던 사람이 버스를 타고 돌아오기도 하고, 또 나 같은 사람은 그 자리에서 버스를 타고 그 고장을 떠나기도 했다. 누가 돌아오는지 누가 떠나가는지 그 버스 정류장에 서 있으면 다 알게 되었다.

시골 통학버스의 진풍경을 기억하는가. 그때는 버스 차장이 있었는데 버스 문에 서서 일일이 차비를 받던 차장. 시골 통학버스 차장은 여자가 아니고 남자였다. 통학버스는 언제나 만원이었다. 저 안쪽에 있는 마을 학생부터 태워가지고 나오니 우리 마을 앞에 버스가 와서 설 때는 벌써 문을 닫지 못할 처지였다. 닫지 못한 버스 문에 버스 차장이 매달려 오는 게 보이곤 했다. 도저히 한 사람도 더 못 태울 것 같아도 버스는 우리 마을 앞에서 또 섰다. 무슨 용을 썼는지 차장은 또 몇몇을 안으로 안으로 밀어넣고는 오라이 하며 버스를 두드리면 버스는 또 출발했다. 뿐만 아니라 다음 마을에서도 또 섰다. 정원 초과에 초과가 거듭되어 문이 닫히지 않는 통학버스에 매달린 버스 차장을 어찌 곡예사라고 부르지 않으랴. 발 디딜 틈도 없이 학생들로 꽉 찬 버스 안에서는 아우성이 터져나오는 데도 바람에 머리를 휘날리며 열린 버스 문짝을 양팔로 붙잡고 휘파람까지 불어대었으니. 짓밟히는 새하얀 운동화, 구겨지는 새하얀 칼라,

놓쳐 바닥에 떨어지는 가방들. 생각해보면 참으로 기이한 일이다. 버스가 기우뚱할 때마다 쏟아지려는 학생들을 양팔로 버팅겨내는데 저러다가 언젠가는 큰코를 다치지 싶은데도 내가 그 마을을 떠날 때까지 버스 차장이 버스에서 떨어졌다는 소리는 들은 적이 없으니.

학생들 사이에 이런 소문이 돌았다.

버스 통학을 하는 아이들은 바람둥이란다. 바람둥이의 근거는 이런 것이었다. 겨울 교복 속에다 폴라티를 입지 않고 흰 칼라가 파인 곳에 앞다지만 살짝 하고는 애살스럽게 목을 드러내놓고 다니는 것, 그리고 옆 가르마 옆에 핀을 꽂지 않고 머리를 가운데로 넘겨 핀을 꽂는 것, 바지의 통을 십일 인치 이상으로 잡아 버스터미널을 쓸고 다니는 것 등등. 뭐라? 할지 모를 일이나 그때는 귀밑으로 머리를 삼 센티미터 이상 길러도 규율부에게 이름을 적히던 때였으니까.

꼭 그렇게 하고 다니는 아이 중에 내 앞자리에 앉은 친구가 있었다. 나는 그 친구가 근사해 보였다. 그 친구는 아무리 추워도 내복을 입지 않았고 헐거운 교복을 뜯고 허리선을 다른 아이들보다 더 오목하게 들어가게 고쳐 잡아 잘록하게 보이도록 하고 다녔으며 눈에는 쌍거풀이 생기라고 투명한 스카치테이프를 붙이고 다녔으며 입술도 메마르지 않도록 립글로스를 바르고 다녔으며 손톱도 적당히 자라게 두었다. 소위 그 친구는 다른 여학생들이 말하는 바람둥인 셈이었는데 뒤에서는 그 애의 흉을 보면서도 슬슬 그 친구를 따라 하는 아이들이 하나둘 늘기도 했다. 나도 어느 날인가 눈자 위에 스카치 테이프를 붙여봤으니까.

　버스 통학을 하는 아이들이 바람둥이인지 아닌지는 정확치 않으나 버스 통학을 하는 아이들이 버스 통학을 하지 않는 아이들보다 '뽄'을 내는 건 사실이었다. 로션 냄새를 풍기거나 책가방의 짧은 손잡이를 흰 손수건으로 싸가지고 들거나, 여름 교복치마의 길이가 한 뼘씩 짧거나. 지금 생각해보니 그건 어쩌면 당연한 일이었겠다. 남녀공학인 중학교나 고등학교는 없던 고장에 말하자면 버스라는 공간은 남학생과 여학생이 자연스럽게 함께 섞이는 장소였던 것이다. 같은 동네에 사는 남학생들은 물론이고 타동네 남학생들까지 가장 가까운 거리에서 만날 수 있는 곳이 버스정류장이고 버스 안이었다. 아침에 버스정류장에서 만난 여학생들은 얼마나 깨끗하고 단정했는가. 낡은 칫솔로 일일이 닦고 닦아 말린 새하얀 운동화와 판판하게 다림질을 해서 단 희디흰 칼라. 버스에서 내릴 때면 완전 스타일 구겨져버리지만 그러면서도 매일 밤마다 새로 손질을 했으니 아침이면 다시 그렇게 깨끗하게 버스정류장엘 나왔을 것이다. 통학길과 하교길에 버스정류장이나 버스 안에서 자주 만나다보면 서로 얼굴을 익히게 된다. 그러다보면 자연 누군가는 누군가를 마음에 두게 되며 그 앞에서는 호기를 부리거나 혹은 새촘하게 되다가 간혹 연애편지를 쓰게 되기도 하고 간혹은 서로 마음이 잘 전달되어 시내의 형제당 같은 빵집에서 따로 만나게 되기도 했을 것이다. 그러나 '아무도 모르게'라는 것이 통하지 않는 좁디좁은 곳이었으니 곧 누구랑 누구랑 어쩐다고 소문이 나게 되고 그렇게 되면 남학생은 모르겠고 여학생은 바람둥이가 되는 것이다.

그 애의 이름이 미경이? 미정이? 아니면 미영이?

그 애는 위에 적은 바람둥이의 공식을 따르지 않았다. 그 애는 또래의 여학생들처럼 남학생을 사모한 게 아니라 통학길이면 곡예사가 되는 버스 차장과 그때 아이들 표현대로라면 바람을 피웠던 것이다. 버스정류장이나 혹은 버스 안에서 가끔 읽게 되는 남학생의 교복 명찰에 붙은 이름도 제대로 알지 못해 J 혹은 K 이니셜을 일기장에 적으며 하늘에 별이 총총, 혹은 밤의 적막이 쓸쓸 따위의 J 혹은 K와는 아무런 상관없는 떠도는 문장들을 두서없이 적어보며 마음을 진정시켜보는 정도가 고작이었던 또래의 여학생들에게는 그 애의 버스 차장과 바람 피우는 이야기는 경이이기도 하고 경멸이기도 했다. 그래서 그 애의 일거수일투족들이 그렇게나 샅샅이 얘깃거리가 되어 돌아다녔을 것이다. 그 애는 뭔가 달랐다. 서로 조금만 말을 잘못해도 자신에 대한 험담으로 알아듣고 곧 세상이 뒤집어질 것처럼 얼굴이 새파래지곤 했던 또래의 여학생들 같지가 않았다. 자신에 대한 소문이 끝도 없이 입을 타고 부풀려서 돌아다녀도 괘념치 않았다. 뽀뽀하는 것을 봤다든가, 영화관에서 나오는 것을 봤다든가, 여관으로 들어가는 것을 봤다든가, 해도 해명하려 들지 않았으며 지금 생각해봐도 그 나이 여자애가 어째 그리 담담할 수 있나 싶도록 새촘해지지도 않았다.

그 애가 며칠 결석을 했을 때던가. 소문은 그 애가 학교를 쉬는 동안 임신중절수술을 했다는 말로 번져 있었다. 강도가 높아지는 소문 속에서 그 애는 외톨이가 되었다. 소문 속으로 몰아넣는 아이들의 마음속에는 그 애의 도발적 행동에 대한 두려움과 함께 자신들은 꿈도 꾸지 못할 일을 아무렇지도 않게 저지르고(?) 다니는 것 같은 그 애에 대한 선망이 함께 깃들어 있었다. 생각해보라. 그 애의 뒷자리에 앉아 있던 나는 그때 겨우 경숙이라는 내 이름이 촌스럽게 느껴져 우리 부모님은 왜 이름을 그렇게 지었을까? 따위나 생각하고 있었으니. 학교 뒤에는 충렬사라고 불리는 이순신 장군을 모시는 사당이 있었다. 교실 유리창으로 사당이 내다보였는데 이따금 그 애가 창가에 서서 사당 너머를 바라다보는 일이 잦아졌다. 사당은 제법 넓어 소나무도 많았고 토끼풀들이 자라고 있었으며 저 멀리로는 산의 능선으로 오르는 높다란 계단도 있고 그랬다. 어느 날 그 애가 내게 충렬사에 가지 않겠느냐고 했다. 우리는 자주 말을 섞는 사이가 아니었기 때문에 처음에 나는 그 애의 얼굴을 빤히 쳐다봤던 것 같다. 무엇에 이끌렸을까. 그 애의 청을 거절하지 못하고 앞장서는 그 애의 뒤를 따라나섰다. 가을날이었던 것 같다. 고즈넉한 햇볕이 우리 주위를 따스하게 일렁였던 것 같다. 그 애의 잘록한 허리와 그 애의 반곱슬이던 머릿결과 그리고 그 애에게서 풍겨나오는 소녀가 아니라 여자의 냄새 같은 것에 취해 어지러웠던 것도 같다. 그 애는 갑자기 충렬사에서 사진을 전문으로 찍어주는 사진사를 불렀다. 조무래기인 우리는 꿈도 꾸지 못할 일이었다. 나를 이끌고 소나무 밑에 포즈를 잡고 서서는 사진을 찍어달라고 했다. 손을 뻗어 내 손을 다정하게 잡기까지 했다. 나는 좀 얼떨떨했으나 그 애가 하는 대로 내버려두었다. 어찌 그리 되었다. 그냥 앞자리와 뒷자리에 앉은 사이에 불과했던 그 애와 나는 충렬사에서는 무지 다정했다. 특히 그 애는 마치 친구라고는 나 하나밖에 없는 듯한 포즈를 여러 차례 취했고 나는 약간 얼빵한 표정으로 그 애 곁에 서서 찍혔다. 사진 뒤에 그 애가 또박또박 적어 넣었던 글귀는 아마도 영원히 변치 말자, 이거나 우정을 위하여,였을 것이다. 그 애는 사진을 내게 내밀며 자기는 멀리 떠날 거라고 했다. 어딘지는 말하지 않았다. 그냥 멀리라고만 했을 뿐. 그것이 끝이었다. 그 다음 날부터 그 애는 학교에 나오지 않았으므로 다시 그 앨 볼 수가 없었다.

*

그 애는 버스차장과 어딘가로 달아났다고도 하고 그 애의 어머니가 그 애의 머리를 깎아서 절에 보내버렸다고도 했으며 우리가 모르는 고장으로 전학을 갔다고도 했다. 소문 속의 얘기일 뿐이므로 모두 틀리는지도 모른다. 세월이 또 흘렀다. 정확치는 않지만 내가 열여덟이나 아니면 한 살 더 아래였거나 혹은 한 살 더 많거나 했던 해에 밤 기차를 타고 그 고장엘 갔다. 자정 무렵에 도시를 떠난 기차는 신새벽에 나를 그 고장의 기차역에 내려놓았다. 기차역과 버스터미널은 많이 떨어져 있었으므로 어슴푸레한 새벽길을 걸어 버스터미널엘 갔다. 마을로 들어가는 첫 버스가 출발하기를 기다리며 얼마나 오래인지 터미널 의자에 앉아 있었다. 아버지에게 드릴 '청자'인지 '환희'인지 담배를 한 보루를 샀던 것도 같고 여동생과 남동생에 줄 먹을 것 따위, 어머니에게 드릴 스웨터 따위로 내 가방은 볼록했다. 그때 도시생활의 유일한 기쁨은 그렇게 뭔가를 사가지고 집으로 갈 때였다. 곧 만나게 될 가족 생각에 내 뺨은 발그레했을 것이다. 이윽고 그 고장으로 지나가는 버스가 당도했다. 새벽 버스 터미널엔 어딘가로 떠가는 버스가 출발을 기다리며 대기 중이었다. 새벽이라 빈 자리가 많아 의자 하나를 차지하고 앉았다. 여기저기를 떠돌던 내 눈이 차창 바깥 건너편에 서 있는 여자에게 머물렀다. 여자의 행색이 너무 형편없어서 나는 그 여자를 그렇게 바라보기 시작했을 것이다. 옆에 내려놓은 가방의 지퍼는 뜯어져 있고 옷의 단추는 성한 게 하나 없고 윤기 없는 부스스한 퍼머 머리에 만삭인지 배는 둥그렇게 솟아 있었다. 제 몸도 제대로 가누지 못하는 것 같은데 그녀의 등에는 또 한 아이가 업혀 있었다. 그녀는 그 와중에도 발을 이쪽 저쪽 번갈아 디디며 등에 업힌 아이를 재우려고 하고 있었다. 모르겠다. 어쩌면 그녀의 입에서는 자장자장, 하며 자장가가 흘러나오고 있었는지도. 처음엔 내가 아는 여자일 줄은 전혀 짐작도 못했다. 낯선 여인, 초라한 여인, 가엾은 여인이어서 눈여겨 보았을 뿐이다. 전체적인 행색을 싹 훑어보고 눈이며 코며 입술 따위를 다시 보다가 어느 순간 어, 미경이? 미정이? 미영이네! 알아보았을 땐 내가 타고 있는 버스가 막 출발하는 참이었다. 미경이? 미정이? 미영아…… 웅얼거리며 차창에 손바닥을 대보았지만 그녀는 아이를 재우느라 여념이 없어 내 쪽은 바라보지도 않았다. 나는 겨우 그때까지도 열여덟인지 아니면 열아홉인지 혹은 열일곱인지였는데 내 앞자리에 앉았던 그 애는 신산한 삶을 벌써 다 거친 그녀가 되어 새벽 버스정류장에 서 있었다. 그 때 그녀는 어디에서 돌아오는 길이었을까? 아니면 또 어딘가로 떠나는 중이었을까? 이따금 버스를 타고 어딘가를 가다가 버스가 서게 되면 차창 바깥의 버스정류장에 서 있는 여인을 유심히 눈여겨보곤 한다. 저기 서 있는 저 여인이 혹시 그 옛날 내 앞자리에 앉았던 미경이? 미정이? 미영이가 아닐까 싶어서.

쥘트섬, 독일, 1980년

볕을 찾아서

■

지금쯤 사방에서 꽃망울이 툭툭 터지고 있겠지.
누군가는 종잇장 같은 진달래를 꺾어와
소주병에 꽂아 마루에 두었겠지.
또 누군가는 이미 들판으로 나가 봄불을 놓고 있겠지.

■

봄은 신발 밑에 밟히는 땅의 느낌으로 온다. 겨우내 꽝꽝 얼어 있
던 땅이 어느 날 폭삭폭삭하게 밟히면 그것이 봄이다. 아직 얼어 있
는 개울이나 묘지 근처에 버들개지가 보이기 시작하고 겨우내 기척
이 없던 다리 밑 움막 속에서 거렁뱅이들이 나와 냇가에서 세수를
하기 시작할 즈음이면 진달래나 생강나무 따위에도 물이 오르고 가
만가만 붉거나 노란 움이 트다가 어느새 꽃을 확확 피어올려 걷잡
을 수 없게 되곤 했다. 어떤 혹독한 겨울 끝이라도 그러했다.

장설이 사나흘씩 퍼붓는 일이 허다한 고장을 알고 있다. 그 고장
에선 이 집이나 저 집이나 겨울을 나고 나면 지붕 한쪽이 못쓰게 되
곤 했다. 워낙 눈이 많이 내리는 고장이라 눈의 무게를 이기지 못한
지붕이 종내엔 허물어져 내리기 일쑤였다. 봄이면 꽃을 보는 것보
다도 먼저 이 집 저 집서 지붕을 고치는 소리가 들렸다. 지붕을 고

친 아버지들이 겨우내 홀로 두었던 들판의 해충들을 소탕하느라고 봄불을 놓으러 나가면 어머니들은 우물에서 물을 길어다가 눈이 내리고 쌓이고 녹고 했던 뒤껼의 장 항아리들을 씻어내었다. 쫙— 쫙— 맑은 물을 퍼부어 씻어낸 뒤 반짝반짝 윤이 나도록 항아리를 닦아주었다. 그때면 내 몸의 때도 씻기는 듯했다. 집집의 여자아이들은 이 방 저 방 방문을 활짝활짝 열어 젖혀 봄바람이 드나들게 했다. 춥단 말야— 소리를 지르지만 팔뚝이나 뺨에 와 닿는 쌔한 바람결은 머릿속까지 시원하게 환기시켜주었다. 남자아이들은 처마로 떨어지는 낙수가 대문 바깥으로 잘 흘러나가도록 괭이로 고랑을 파물길을 내주었다. 그 고랑을 타고 잘잘 흘러가는 봄 낙수 소리를 방안에 배를 깔고 엎드려 물고구마 따위를 까먹으며 듣고 있는 꼬마들은 자올자올 졸곤 했다. 어느 날 여자아이들은 연장통에서 대못을 하나씩 꺼내 철길로 가서 레일 위에 대못을 얹어놓고 기차가 지나가길 기다렸다. 집집마다 부엌칼 외에는 과도조차 따로 없었던 때이다. 부엌칼을 함부로 쓰다간 어머니한테 혼쭐이 나기 마련이므로 나물을 캐고 싶은 여자아이들은 궁리 끝에 기차가 지나가는 레일 위에 대못을 올려놓고 둑 뒤로 도망가 기차를 기다렸던 것이다. 기적을 울리며 기차가 지나가고 난 뒤에 잽싸게 달려가보면 거짓말 같게도 레일 위에는 대못이 납작해져 있었다. 납작해진 못을 칼 삼았다. 머리 부분을 손잡이로 해서 종일 나물을 찾아 쏘다니던 여자애들이 있었다. 아버지가 못자리를 하려고 광에서 종자를 끌어와 물에 담그고 어머니가 읍내에 나가서 병아리 쉰 마리, 오리 스무 마리쯤을 사와 마당에 풀어놓을 때쯤이면 봄이 다 온 것이었다. 산길에 들길에 꽃이 피기 시작하고 마당이고 고샅이고 들판이고 봄바람이 일렁이고 아지랑이가 아른거리면 어른이나 아이나 제 할 일을 하느라고 왔다갔다 하고 시끄럽고 부산하였다. 진정한 의미로서 한 해의 시작은 이때부터였다.

간혹 그 고장을 생각하면 비록 병과 함께이더라도 아직 거기에 내 부모가 그 마을 안의 그 집을 지키며 살고 계시다는 것이, 아직 그 집에 내 어려서 들여다보던 우물이 꽃밭 옆에 가만히 놓여 있다는 것이 꿈결 같다. 어느 때보다 바람 세고 눈 많은 겨울을 그 마을도 통과해왔겠지. 지금쯤 사방에서 꽃망울이 툭툭 터지고 있겠지. 누군가는 종잇장 같은 진달래를 꺾어와 소주병에 꽂아 마루에 두었겠지. 또 누군가는 이미 들판으로 나가 봄불을 놓고 있겠지.

양수리 근교,경기도, 1989년

서례 이모

◼

갑자기 비가 내리면
할 말을 잊은 것처럼
할 일이 없어지는 사람들이 있다.

그들은 어딘가 좋은 곳으로 가고 싶은데
어디로 가야 할지를 몰라
저렇게 내리는 비 속에
하염없이 서 있는 것 같다.

◼

그 여자 이름은 서례였다.

나는 그 여자를 이모라고 불렀다. 어머니의 사촌이나 육촌쯤 되
는 여자였다. 마을은 성씨 집성촌이었다. 건너에 작은 아버지가 살
았고 다시 건너에 고모가 살았고 다시 건너에 당숙이 사는 형국이
었다. 아버지의 사촌이나 육촌이 아니라 어머니의 사촌이나 육촌이
왜 우리가 사는 마을에 와서 살게 되었는지는 모르겠다.

지켜야 할 게 많은 마을이었다. 걸음을 반듯하게 걸어야 했고, 늘
인사를 해야 했으며, 아무리 더운 여름이라도 민소매 옷을 입으면

안 되었다. 어떤 여자와 남자가 좋아 지내면 금세 소문이 났다. 모두들 소문을 부끄러워했다. 그 마을에선 누가 누구를 좋아한다거나 사랑하는 일은 아름다운 일이 아니라 죄의식을 갖게 하는 일이었다. 소문이 나면 대개는 여자 쪽의 부모가 여자의 바깥출입을 막았다. 그래서이기도 했을 것이다. 그 마을에서 성장한 젊은이들은 언제든 그 마을을 떠날 궁리를 했다. 하긴 떠나야만 살 수 있었다. 별다른 특산물이 나는 것도 아닌 고장, 공장도 대학도 없는 고장의 한정된 농토 안에서 젊은이들이 할 수 있는 일이 없었다.

서례 이모가 옆 마을의 어떤 남자와 연애를 한다는 소문이 돌았다.

밤이면 다리 위에서 만나 새벽 이슬이 내리도록 헤어지지 않는다는 것이었다. 나의 귀에도 서례 이모에 대한 얘기가 들려왔다. 당시 겨우 중학생에 불과했던 나는 이후로 자꾸만 서례 이모의 치아, 머릿결, 블라우스, 뾰족구두에 시선을 빼앗겼다. 웅덩이의 고인 물 같이 느껴지던 조용한 마을에 서례 이모에 대한 얘기는 내게 통풍과도 같은 신선함을 주었기 때문이다. 서례 이모는 아버지가 없이 다 늙고 연약한 어머니뿐이었다. 그러므로 나는 그 연애가 성공하리라 생각했다. 마을의 여자들이 누구와 좋아지내기만 하면 벌을 받고 혼이 난 뒤에는 흐지부지 끝이 나곤 했다. 서례이모의 남자를 한 번도 본 적이 없는 데도 불구하고 그 연애를 은근히 지지했던 나의 마음속에는 그 마을에서 연애에 성공하는 사람을 꼭 보고 싶었는지도 모르겠다.

그러나 서례 이모의 언니가 서례 이모를 데려가버렸다.

도시에 나가 학교를 다니는 조카들을 보살피며 살라는 것이었다. 그렇게 얌전히 살고 있으면 좋은 남자와 결혼시켜주겠다는 것이었다. 서례 이모는 몇 번인가 도망을 치려다가 실패한 뒤에 조카들이 있는 도시로 갔다. 그제야 알았다. 서례 이모가 밤마다 만난다는 옆 마을의 그 남자가 절름발이였다는 것을. 그건 누가 보아도 어울리지 않는 모습이기는 했다. 서례 이모는 윤기 나는 검은 머릿결에 흰 팔뚝에 부드러운 목선을 가진 아름다운 여인이었으니. 서례 이모의 언니가 서례 이모를 강제로 도시로 데려간 것을 두고 누구도 나쁘다 하지 않았다. 모두들 그럴 만한 일이다 했다.

오랜 세월 후에 도시의 어느 방에서 어머니와 나란히 누워 옛날 얘기를 나누었다.

문득 서례 이모 생각이 나서 그녀는 어떻게 살고 있느냐 물었다. 어머니는 깊은 숨을 내쉬며 나도 모른다, 했다. 모르다니? 소식이라도 들었을 게 아닌가. 의아해서 다시 물었는데도 모른다, 하였다.

몇 번 더 물어서 어머니에게 전해 들은 서례 이모의 그 후의 얘기는 이러했다.

서례 이모가 도시로 간 뒤에 옆 마을의 그 남자도 도시로 간 듯하다고 했다. 조카들에게 해 먹이라고 닭을 사주면 백숙을 먹음직스럽게 만들어서 조카들에게가 아니라 그 남자에게 갖다주곤 했다고 했다. 그러거나 말거나 서례 이모의 언니는 몇 년 후에 서례 이모를 어떤 남자와 선을 보게 해서 시집을 보냈다. 직장이 튼튼한 남자여서 예를 다 갖추었다고 했다. 이불도 몇 채나 했고 예물도 잘 했으며 장롱도 아주 좋은 것으로 장만했다고 했다. 그런데 신혼여행에서 돌아온 건 화가 난 신랑뿐이었다고 했다. 서례 이모가 신혼 첫날밤 잠깐 나갔다 온다 하고 나가더니 영 돌아오지 않는다는 것이 신랑이 전하는 말이었다. 그 이후로 서례 이모를 보았다는 사람은 아무도 없다고 했다. 신랑은 속았다며 손해배상을 청구했고 서례 이모의 언니는 그쪽에서 원하는 대로 다 배상해야 했다고 했다. 다시 실려온 혼수품들을 여럿이서 나누어 가졌다고 했다.

*

갑자기 비가 내리면 할 말을 잊은 것처럼 할 일이 없어지는 사람들이 있다.

서례 이모와 그 남자도 이 세상 어딘가에서 그런 사람이 되어 살아가고 있을 거란 생각이 든다. 그사이 윤기 나는 검은 머리는 짧은 파마스타일로 바뀌고 그 깨끗했던 얼굴엔 검버섯이 피었을 것이다. 살다보니 남자처럼 다리까지 절게 되었는가. 저 우산 속의 여자의 몸이 한쪽으로 기울어져 있는 게 아무래도 아파 보인다. 이제 흰 피부는 누렇게 떴을 것이고 뾰족구두는 부은 발에 맞지 않을 것이다. 어딘가로 일을 가야 하는데 갑자기 비가 내려 돈을 벌 수가 없는 날. 그들은 대신 외출을 하기로 한 것이 아닐까. 그들이 가지고 있는 옷 중에서 가장 좋은 옷을 차려입고 그들은 어딘가 좋은 곳으로

가고 싶은데 어디로 가야 할지를 몰라 저렇게 내리는 비 속에 하염
없이 서 있는 것 같다.

스포르짜성, 밀라노 이태리, 1984년

묘지 앞에서의 입맞춤

■

언젠가 독일에서 잠깐 귀국한 친구가 해준 이야기가 생각난다. 전쟁터로 떠난 남자가 여자에게 보낸 편지가 삼십 년 만에 여자에게 도착해서 독일 신문에 크게 났다고 했다. 남자가 전쟁터로 가던 그때의 주소에 그 여자가 그때까지 살고 있다가 그 편지를 받았다고 했다. 여자는 전쟁터로 떠난 남자가 전사했다는 소식을 들었으나 그의 시신을 확인하지 않았으므로 그 사실을 믿을 수가 없어 남자가 떠난 집을 지키며 살고 있었다고 했다.

바라나시 근교, 인도, 1997년

숨어 있는 나무

■

간혹 나무 아래 앉거나 나무 둥치에
등을 대고 서서 나무를 올려다보라.
나무는 흔들림으로 그늘로 무슨 말인가를 간절히 하고 있다.
등을 대고 있으면 그 친밀성으로 인해
마음이 조금 안심이 되기도 한다.

■

아름드리 잘생긴 나무들은 어디서나 내 걸음을 멈추게 했다. 나도 모르게 나무둥치에 손을 댄 채 아래서 위를 올려다보곤 했다. 나무 둥치를 에워싸고 있는 그 찬란한 나뭇잎들의 흔들림과 나뭇잎 사이사이로 퍼져 들어오는 빛 아래 서 있으면 어디어디에 숨어 있던 깊은 숨이 내쉬어진다. 그 순간만큼은 도대체 이해가 되지 않는 일이나 도저히 용서할 수 없을 것 같은 사람도 어찌어찌 해볼 수 있을 것 같은 마음이 생긴다. 나무의 품은 넓고 크고 그 아래에 서 있는 인간은 한 점이어서인가. 나무 밑에 서 있는 사람을 보면 나무가 그의 머리를 쓰다듬고 있다는 생각이 든다. 그 쓰다듬음을 받고 있는 동안엔 인간에겐 없는 무엇이 전해지는 것 같기도 하다.

나는 자주 나무 밑에 있었다.

어렸을 때는 마당의 감나무 밑에 있었고 조금 자라서는 또랑의 팽나무 밑에 있었다. 아름드리 감나무 밑에서 감나무에 감꽃이 피고 떨어지고 감이 열리고 붉게 물드는 것을 보았다. 아름드리 팽나무 밑에서 이제는 잊혀진 소녀들과 해가 저물도록 돌 따먹기나 땅따먹기를 하며 웃어대었다. 나무 밑에서는 부족한 게 없고 느슨하고 평화로웠던 것 같다. 도시로 나와 혼자 힘으로 살 수 있게 되었을 때 내 방이 있던 근처엔 늘 아름드리 나무가 있었던 것 같다. 은행나무와 플라타너스와 전나무들. 그리 생각하니 내가 지금 살고 있는 동네 근처를 떠나지 못하는 이유도 결국은 내가 자주 걸어다니는 산길의 귀롱나무나 소나무 때문인지도 모르겠다. 예나 지금이나 말할 수 없이 마음이 균열질 때면 나무들 밑을 걸어다녔다. 느슨하고 평화로운 상태로 회귀하고 싶은 본능이 그리 시켰을 것이다. 늘 그리 되진 않았어도 그런 시간이 있었기에 타자를 덜 상하게 할 수 있기는 했을 것이다. 감나무나 팽나무, 은행나무나 전나무, 그리고 귀롱나무나 소나무 사이를 오가는 사이 청춘의 좌절과 상황에 대한 분노가 얼마간은 누그러지곤 했을 것이다. 그 누그러짐이 없고서야 어찌 이 삶을 건너가겠는지. 간혹 나무 아래 앉거나 나무 둥치에 등을 대고 서서 나무를 올려다보라. 나무는 흔들림으로 그늘로 무슨 말인가를 간절히 하고 있다. 등을 대고 있으면 그 친밀성으로 인해 마음이 조금 안심이 되기도 한다.

언제인가는 누군가가 인도에 가면 반얀나무라는 이름의 나무가 있다고 했다. 멀리서 보면 수십수천 그루의 반얀나무가 숲을 이루고 있는 것으로 보이지만 사실은 그 숲이 단 한 그루의 반얀나무로 인해 만들어지는 것이라고 했다. 반얀나무의 가지들은 위로 뻗어올라가다가 구부러지는데 그 가지들이 땅에 닿으면 그게 다시 뿌리가 되어 번져나간다고 했다. 반얀나무 생각을 오래 했다. 단 한 그루로서 숲을 이루는 나무. 당연히 그 숲 속에는 수행하는 구도자들이 나무와 함께 살고 있다고 했다. 때로는 보지 못한 나무가 마음속에서 자라기도 한다. 내겐 반얀나무가 그랬다. 아직도 그 이름을 잊지 않고 있다. 언젠가는 반얀나무를 보러 가서 그 아래에 앉아 있어 볼 참이다.

반얀나무를 보지 못한 채로 캄보디아에 가서 사원을 뒤덮고 있는 수꾸엉나무를 보았다. 내가 여태 보아왔던 나무들과는 너무도 다른 모습에 그만 멀리서 걸음을 멈추어버렸다. 여태 보아왔던 나무의 형상과는 너무도 다른 형상이었다. 나무도 공포스러울 수가 있다는 생각을 처음 가졌다. 천 년 동안 밀림에 가려져 있었다는 오래된 사원을 수꾸엉나무의 뿌리는 마치 쇠스랑처럼 찍어누르고 있었다. 지상으로 솟아 올라 있는 희디흰 나무뿌리들이 사원을 휘감고 있었다. 언뜻 나무뿌리가 사원을 해치고 있는 것처럼 보여 두려웠으나 그 사이를 걸어다니는 동안 생각이 달라졌다. 사원이 나무에 의지해 있는지 나무가 사원을 의지하고 있는지 모르겠다는 기묘한 감정에 휩싸였다. 나무와 사원은 분리할 수 없는 샴쌍둥이처럼 서로 엉킨 채 의지하고 있었던 것이다.

사진 속의 나무는 보이지 않은 채로 둥치로만 존재를 드러내고 있다.

나무에 매어져 있는 그네를 타고 앉은 소녀들을 보라. 등 돌려 앉기도 하고 겨우 끼어 쪼그려 앉기도 했으나 나무는 이 소녀들을 다 끌어안고 있다. 하얀 치아를 드러내고 웃고 있는 모습은 나무가 이 헐벗은 소녀들에게 얼마만한 기쁨을 주고 있는지 느껴진다. 등을 돌리고 있어 얼굴이 보이지 않는 소녀의 웃음까지도 생생히 들리는 듯하다. 한 발치 떨어져 있는 소녀들의 언니뻘쯤 될 것 같은 여자의 얼굴에 함빡 피어나 있는 웃음을 보라. 초원의 모든 것들이 죄다 꺄르르 웃고 있는 듯하다. 얼굴이 보이지 않으나 저 나무가 아니면 저 소녀들과 저 여자에게 누가 저런 행복한 순간을 마련해줄 수 있었겠는가.

모슬포, 제주도, 1998년

우리는 무엇을 기다리는지 모르는 그때조차도
무엇인가를 기다리고 있다

∎

중국 얘기다. 결혼한 지 한 달도 되지 않아 전장으로 떠난 남편이 전사했다는 말을 들었으나 그의 아내는 그 말을 받아들일 수가 없었다. 그러기에는 남편에 대한 기억이 너무나 생생했다. 어딘가에 남편은 꼭 살아 있을 것만 같았다. 아내는 몇 십 년을 같은 집에서 남편을 기다렸다. 결혼한 지 겨우 한 달 만에 헤어진 사람. 모두들 그의 아내가 미쳤다고 했다. 그의 아내는 늙어갔다. 그런데 어느 날 다 늙은 남편이 살아 돌아왔다. 그의 아내 생각이 맞았던 것이다. 서로 알아볼 수나 있었을는지. 시신을 확인한 바 없으니 어딘가에 꼭 살아 있을 거라고 믿었던 남편이 현실로 살아 돌아오던 날 그의 아내는 죽는다. 기다림이 끝난 것이다. 기다림이 그의 아내를 살아 있게 했던 것이다. 기다림이 끝난 순간 생이 끝난 것이다.

여의도, 서울, 1985년

그들은 어디로 갔을까

■

사진 속의 옷걸이에 걸려 있는 옷가지들은
잘 말라가는 빨래들에게서 받던 느낌이 없다.
노동조차도 향수로 기억하게 하는 대목이 없다.
옷을 걸어놓은 남루한 옷걸이들 때문일까?
아니면 건물의 누추한 뒷모습 때문?
그도 아니면 철제 골조물이나 혹은 그 앞의 리어커 때문?
무엇 때문만은 아닌지도 모르겠다.

그들은 이 옷들을 허물처럼 벗어 걸어놓고
어디 간 것일까?
그들의 옷가지들이 걸린 공간 앞에 꿈처럼 떨어져 있는
저 흰 공들을 주우러 간 것인가.

■

    어딘가를 지나가다가 빨래가 널려 있으면 나도 모르게 쳐다보는 버릇이 있다. 빨랫줄에 널린 빨래들을 보면 그 집에, 혹은 그 공간에 어떤 이가 살고 있는지 알 수가 있다. 어느 마을을 지나다가 우연히 들여다본 마당에 사람은 없고 긴 빨랫줄에 널린 흰 옷가지들이 햇볕 아래 잘 말라가는 있는 풍경은 보는 사람으로 하여금 그 집의 안락을 엿보게 한다. 어른들의 웃옷 사이에 끼어 있는 어린애 옷은 그 어린애를 본 적이 없음에도 불구하고 미소 짓게 하며 그 사이사이에 널려 있는 여러 켤레의 양말들은 그 크기로 그 집에 몇 사람이 사는지를 짐작케 한다. 양말 건너에서 나란나란히 잘 마르고 있는 수건은 또 어떠한가. 세수하고 난 뒤 물방울이 묻은 얼굴을 그 수건에 닦았을 사람이 연상되어 마음이 애잔해지기도 한다.

인간이 저장할 수 있는 기억의 양은 얼마나 되는 것일까. 평소에는 잊고 살던 무엇이 어느 풍경을 보고 연상작용으로 솟구칠 때는 새삼 인간이란…… 깜짝 놀란다. 널려 있는 빨래를 쳐다보는 버릇은 어린 시절에 어머니를 따라 또랑으로 냇가로 빨래를 다녔던 기억 때문일 것이다. 홍콩에 갔을 때 거리에서 내게 인상 깊었던 건 무엇무엇도 아니고 아파트 베란다마다 널려 있던 빨래였다. 집집마다 긴 장대를 바깥으로 밀어내놓고 빨래들을 널어놓아 처음에는 참 희한한 풍경도 있다고 생각했는데 거기 머무는 동안 자꾸 보게 되니 금세 정이 들었다. 페루의 티티카카 호수 안에서 갈대로 집을 짓고 사는 우노족들을 보게 되었을 때 나는 갈대 위에 널어놓은 빨래들을 바라보느라 자꾸만 한눈을 팔았다. 일본의 시골마을을 지날 때도 내가 유심히 보았던 것은 그들의 전통가옥 구조가 아니라 집집 마당에서 하얗게 마르고 있던 빨래들이었다.

나의 시선은 우연인 것 같으나 그 응시 속에는 어린 시절의 어떤 기억들이 찰랑거리고 있었을 것이다. 빨래를 하러 가는 어머니 뒤에는 꼭 내가 있었다. 어머니는 위에 앉고 나는 아래에 앉아 빨래를 빨았다. 어머니가 큰 옷을 빠는 동안 나는 손수건이나 걸레 따위를 주물럭거렸다. 흘러가는 물에 빨래를 헹구는 일은 재미났다. 그 때문일까. 나는 또 어디에서나 맑은 물을 보면 거기 앉아 빨래를 하고 싶은 욕망이 일어난다. 물을 받고 어쩌고 할 것 없이 흘러가는 물에 맑은 물이 날 때까지 빨래를 헹궈보고 싶은 것이다. 그냥 흘러가는 물이 한없이 아까운 것이다. 어머니는 큰 빨래통을 머리에 이고 나는 작은 빨래통을 옆구리에 끼고 집으로 돌아와 빨래들을 널었다. 마당을 가로지르는 빨랫줄 옆에 서서 어머니가 물기를 탁탁 털어 빨래들을 편히 널 수 있도록 나는 어머니 곁에 서서 한장 한장 집어 주었다. 나도 널어보고 싶었으나 키가 작았다. 빨래통에 포개져 있던 빨래들이 마치 호명을 받고 나온 것처럼 빨랫줄에 쭉 내걸렸다. 아버지, 오빠들, 동생들, 나, 그리고 어머니. 일가족이 햇볕 아래 종일 말랐다. 어디 나갔다가 대문을 밀고 들어오면 간간히 바람에 흔들리며 나란나란히 말라가는 빨래들은 묘하게 마음을 안심시켰다.

해 저물 때 빨래를 걷는 일이 나의 일이기도 했다. 한쪽 팔에 빨래들을 걷어 착착 쌓아가며 하늘을 보면 석양의 하늘로 삼삼오오 기러기들이 날아가기도 했다. 마루에 앉아 잘 마른 옷가지들을 개는 일 또한 나의 일이었다. 빨래를 빨 때는 다리가 저릴 때도 있고 손도 시려울 때가 있었으나 빨래를 개는 일은 재미났다. 까슬까슬하게 혹은 뽀송하게 마른 옷가지들에서 좋은 냄새가 나서 간혹 옷가지들에 얼굴을 묻게 되기도 했던 것이다.

그런데 이 사진 속의 옷걸이에 걸려 있는 옷가지들은 잘 말라가는 빨래들에게서 받던 느낌이 없다. 노동조차도 향수로 기억하게 하는 대목이 없다. 옷을 걸어놓은 남루한 옷걸이들 때문일까? 아니면 건물의 누추한 뒷모습 때문? 그도 아니면 철제 골조물이나 혹은 그 앞의 리어커 때문? 무엇 때문만은 아닌지도 모르겠다. 무엇 하나 때문이 아니라 모든 게 얼마간씩 서로의 남루함과 삭막함을 부추기고 있다. 옷걸이들은 어쩐지 여기에 걸린 옷 말고 다른 옷들을 걸 수 있는 용량이 못 되는 것 같고, 철제 골조물은 거기 세워져 있을 뿐 아무나 타고 올라갈 수 있는 것이 못 되는 것 같고, 리어카의 바퀴 또한 그 무엇도 실어 나를 힘이 없는 고물처럼 보인다. 햇볕 좋은 날인가. 보이지 않는 햇볕이 사진 속의 사물들을 서로 대비시킨다. 그래서 옷걸이에 걸린 옷가지들을 자세히 보게 한다. 처음에는 누군가 빨래를 해서 널어놓은 옷가지처럼 느껴졌으나 그게 아니라는 생각이 든다. 연령대가 비슷비슷한 사람들이 잠시 벗어서 걸어놓은 옷가지들 같다. 사람들은 여기에 옷을 벗어 걸어놓고 어디에 간 것일까? 옷을 벗어 걸어놓은 이 중에는 어린아이도 없고 소녀도 없고 처녀도 없다. 남자는 더구나 없다. 그들은 여기에 옷을 벗어 걸어놓고 놀러간 것 같지는 않다. 파마머리의 중년 여인들. 팔 밑에 목 뒤에 나잇살이 붙어 있을 여인들이 이 벗어놓은 옷가지들의 주인일 것이다. 한번도 인생의 좋은 때가 없었을 것 같은 얼굴이 없는 여인들. 시간이 없어 신새벽이나 한밤중에 가족들의 옷을 빨아 빨랫줄에 널 것 같은 여인들. 밤이면 몸이 저려 서너 번씩은 몸을 뒤챌 여인들. 그들은 이 옷들을 허믈처럼 벗어 걸어놓고 어디 간 것일까? 그들의 옷가지들이 걸린 공간 앞에 꿈처럼 떨어져 있는 저 흰 공들을 주우러 간 것인가.

제주도, 1993년

누군가 홀로

■

시들지 않는 꽃과 같이
영원히 시간이 멈춘 것처럼
사람을 집중시키다가
어느덧 가버리는 게 여름이다.

저 푸른 하늘에 여운처럼 남아 있는 제트기 지나간 자국.
여름은 그렇게 가고
이제 저 마른 풀 사이로 끝간데없이
뻗어 있는 소롯한 길과 같은 가을이 올 것이다.
그리고 누군가 홀로 저 길을 걸어갈 것이다.

■

여름은 커다란 통 속에 들어 있는 화려한 꽃다발 같다. 닫힘 없이 열려 있다. 세련되었고 소박하다. 애오이처럼 신선하나 아무것도 이루지 못할 것 같은 무기력을 전염시키는 계절이기도 하다. 시들지 않는 꽃과 같이 영원히 시간이 멈춘 것처럼 사람을 집중시키다가 어느덧 가버리는 게 여름이다. 한없이 게으름을 부려도 좋을 것 같이 긴 것 같으나 금세 입추를 맞이하게 되는 계절이다.

아직 가을 겨울이 남아 있는데도 여름을 보내고 나면 한 해를 다 살아버린 듯하다. 돌아오는 가을은 짧고 겨울은 다음 해와 섞여 있는 탓일 것이다. 그래서 한해 중에 여름을 보내고 나면 시간을 뭉텅이로 도둑맞은 느낌이 든다.

올여름의 이 도시는 끈질기게 비가 내렸다. 그래도 집중폭우가 없어서 다행이었다. 대신에 비가 오래오래 내렸다. 아침에도 내리고 오후에도 내리고 밤에도 내리고 새벽에도 내렸다. 어쩌다 날이 개면 이젠 그만 오려나 보다, 싶어 습기를 없애려고 방마다 창을 열어놓으면 곧 하늘이 어두워지고 비가 쏟아졌다. 부리나케 창문을 닫으러 다녔던 내 발짝 소리가 여름과 함께 있었다. 저물녘에 슬리퍼를 끌고 집 앞으로 나가 보면 산에서 쏟아져 내려온 계곡의 물이 흰 거품을 일으키며 콸콸 흘러가곤 했다.

어쩌다 맑고 뜨거운 한낮이면 다른 마을의 소년소녀들이 멀리서 찾아와 물속으로 첨벙첨벙 뛰어들었다. 그러나 벌써 여름은 하직인사를 할 모양으로 아침저녁으로 제법 차가운 기운이 느껴진다. 이제야 비는 물러갔는지 하늘은 파랗고 흰 구름이 둥실둥실 떠간다. 귀를 기울이지 않아도 매미 소리가 한시도 그치지 않는다. 그런데 그 하늘 속에 벌써 가을 기운이 느껴진다. 아직은 분명 여름인데도 사진 속의 저 누런 풀들과 흰 구름이 섞인 푸른 하늘이 아련하다.

제트기가 지나간 하얀 자국처럼 여름은 사람들에게 상실과 함께 추억을 남겼을 것이다. 그러는 동안 지난봄에 집 앞 빈터에 일구었던 상추며 쑥갓이 더 이상 잎을 피어 올리지 않고 줄기가 뻣뻣해졌다. 호박넝쿨도 벌써 시들고 있고, 비 내리고 난 다음이면 자주 눈에 보이던 지렁이도 자취를 감추었다. 제법 열리던 오이도 풀이 죽었으며, 토마토는 붉게 익지 않은 상태에서 성장을 멈추고 있다.

　여름을 보내는 동안 입버릇처럼 여름이 가기 전에…… 혼잣말을 하곤 했다. 여름이 가기 전에 무엇무엇을 해야지, 오래 못 만난 그를 만나야지, 그곳엘 가봐야지, 내내 미뤄두었던 그 일을 시작해야지…… 여름이 가기 전에…… 여름이 가기 전에. 다짐만 있고 이행이 없는 사이 시간은 째깍째깍 잘도 갔다.

　드디어 어느 날.

　지난봄부터 마음만 먹고 행하지 못하고 있던, 먼 이국에서 결혼식을 올린 친구에게 보낼 축하선물을 사려고 외출을 했다. 점심을 먹다가 수저를 내려놓고 바로 나갔다. 그러지 않고선 또 시간이 지나갈 것이기에. 내가 마련하고 싶은 결혼선물은 바라였다. 바라가 결혼선물로 어울리는지는 모르겠으나 그 친구가 이 도시를 떠날 때에 바라를 갖고 싶다고 했던 말이 십여 년이 지난 이 즈음에 문득 떠올랐던 것이다.

　바라를 찾아 조계사 앞으로 나갔으나 마땅한 게 없어 남대문시장까지 진출했다. 불황에 바라를 사려고 찾아온 나를 가게 주인은 너무나 반가워했다. 가게에 네 사람이 앉아 있다가 모두들 일어났다. 냉커피까지 타주었을 뿐 아니라 우체국에 가면 곧 부칠 수 있도록 포장까지 해주었다. 중앙우체국에 부치러 갔더니 우연일까. 바로 그날 우체국이 이전했다는 알림표시가 붙어 있었다. 내일 부치자, 하고 그냥 들어온. 비가 잠시 그쳤던 그 으후도 이제 여름 속에 묻힐 것이다. 바라는 아직도 그 친구에게 가지 못하고 내 책상 옆에

서 있다. 바라를 볼 적마다 생각했다. 여름이 가기 전에…… 보내야지, 여름이 가기 전에.

그러다가 오늘은 올해 스무 살이 된 조카한테서 다음 주엔 시골에 벌초하러 갈 거예요,라는 말을 들었다. 벌초! 항상 어린 줄만 알았던 그 애한테서 벌초하러 가겠다,라는 말을 들었을 때 신선한 감동이 어려왔다. 초가을 하늘을 볼 때 같은 그런 느낌이었달까. 통화를 마친 다음에도 그 여운이 가라앉질 않아 잠시 가만히 앉아 있다가 다시 녀석한테 전화를 걸었다.

벌초는 너 혼자 하러 갈 거냐?

아버지하고 함께 갈 거예요.

그래…….

그런데…… 어떻게 그런 생각을 했니?

뭘요?

벌초하러 가겠다는 생각.

작년에도 갔었는걸요. 추석이 곧 오잖아요.

그랬었구나.

녀석은 고3이었던 작년에도 할아버지 댁에 가서 벌초를 했었구나.

여름이 가기 전에……, 이제는 그 말도 웅얼거리지 못하게 생겼다. 이국의 친구에게 바라를 부치는 일조차 못 하고 있는 사이 벌써 여름은 갈 모양이다. 물통 속의 여름꽃들도 이젠 시들 모양이다. 저 매미의 울음소리도 이제 며칠이나 더 듣겠는가. 사진 속의 저 푸른 하늘에 여운처럼 남아 있는 제트기 지나간 자국. 여름은 그렇게 가고 이제 저 마른 풀 사이로 끝간데없이 뻗어 있는 소롯한 길과 같은 가을이 올 것이다. 그리고 누군가 홀로 저 길을 걸어갈 것이다.

강경, 충남, 1994년

할머니들

■

아침에 작별인사를 하려는데 할머니가 보이질 않았다.
인사는 하고 가야 되는데 싶어서 할머니 부엌문을 밀어보았다.
침침한 바닥에 앉아서 할머니가 혼자 밥을 먹고 있었다.

■

외가 쪽으로도 친가 쪽으로도 나에겐 할머니가 없다. 내가 태어나기 전에 모두들 돌아가셔서 나는 할머니의 존재를 모르고 자랐다. 할머니들이 없다고 해서 특별히 아쉬울 것도 없었다. 다만 어린 시절을 보낸 마을에서 동무들의 할머니들이 동무들을 앞에 앉히고 맛난 것을 집어줄 때나 볕이 좋은 날 동무들에게 흰머리를 뽑게 할 때 조금 멀찍이 떨어져 물끄러미 바라봤을 뿐이다. 언젠가 한번 동무들과 짜고서 학교를 가다가 '중간치기'를 한 적이 있다. 내가 다닌 초등학교는 마을에서 십 리쯤 떨어져 있었다. 우리 꼬마치들은 학교 가는 일보다 노는 일에 더 신명나 했다. 숙제라도 안 한 날은 더 그랬다. 모여서 학교를 향해 가다가 누군가 우리 학교 가지 말자고 유혹하면 슬금슬금 동의하고서는 묘지 뒤나 굴다리 밑에 들어가서 도시락까지 까먹으며 실컷 놀다가 해 저물녘이 되면 모두들 입을 맞추고 마을로 돌아왔다. 그걸 어른들은 '중간치기'라고 불렀다. 무슨 볼일을 중간에 빼먹고 놀았다는 뜻이다. 누군들 안 그랬겠는가만 우리 형제들이 중간치기 하는 것을 어머니는 매우 싫어했다. 그걸 알게 되면 마치 하늘이 캄캄해지기라도 한 듯 놀란 얼굴로 꾸중을 하고 매까지 들었다. 그런데 중간치기를 하고 나면 매번 들키는 것이 또 우리들의 일이기도 했다. 한둘이 말을 맞춘 게 아니라 대여섯이 입을 맞추니 누군가 서툴기 마련이고 한 사람이 알게 되면 금세 모두들 알게 되었다. 젊은 엄마에게 회초리로 종아리를 맞을 때 가장 도움을 주는 게 할머니다. 손주나 손녀의 종아리에 매질이 가해지면 말로 말리고 몸으로도 말렸던 것이다. 그런데 내겐 그런 할머니가 없어서 어머니가 화가 다 풀릴 때까지 체벌을 받아야 했다. 그럴 때나 나에게도 할머니가 있었으면 했던 것 같다.

소설을 쓰기 시작한 이후로 작품을 발표하고 나면 아무래도 주변 사람들로부터 이러저러한 이야기를 많이 듣게 된다. 안 듣는 척해도 사실은 다 듣고 있다. 영향을 안 받으려고 해도 아마 나도 모르게 다른 작품을 쓸 때 사람들의 이야기가 이래저래 영향을 끼치고 있을 것이다. 그중의 아직도 잊히지 않는 말이 어떤 이가 내 작품 속의 가족관계엔 할머니가 나오지 않는다는 말이었다. '늙은 사람'이라든가 뭐 그렇게 뭉그렇게 지적하는 게 아니라 '할머니'라고 분명히 지적을 해서 그제야 내가 그랬나? 한번 돌아보게 되었다. 아닌 게 아니라 어디에도 할머니가 없었다. 내친 김에 그 말을 들은 즈음에 작품 속에 할머니들이 등장하는 작품들을 몇 작품 찾아 읽어보기도 했는데 그때 내가 한 생각은 할머니가 있는 가족관계와 그러지 못한 가족관계는 많이 다르다는 것을 느꼈다. 할머니는 언제나 어머니 위에 있었다. 어머니보다 더 본능적이고 어머니보다 더 관용을 베풀었다. 외가나 친가 쪽으로 할머니가 없는 상황 속에서 자란 나는 느껴보지 못한 할머니 정이 따로 있었다. '정'만 있는 건 아니다. 할머니가 존재함으로써 낡고 오래된 것의 기척들, 인생의 생로병사에 대한 기운들을 바로 일상 속에서 맞이하고 느끼며 어린 시절을 보내게 되는 차이가 있었다. 그것은 한 인간의 성품을 만드는 데 매우 중요한 차이처럼 여겨진다. 내가 이따금 아주 냉정한 인간이 되는 것, 때때로 나도 모르게 사리분별을 가혹하게 따지게 되는 것 등등이 할머니의 정을 모르고 자란 사람이 갖는 특성이 아닐까 혼자 추측해보게 되는 것이다.

최근에 안동에 갈 일이 생겼다. 틈이 나는 대로 여기저기 많이 돌아다녔다고 생각했는데 안동은 나로서는 첫 길이었다. 하회마을의 '조용한 민박' 집에서 하루를 묵었다. 기와집 안의 대청마루가 어찌나 매혹적이던지 모기에 뜯겨가며 마루에 앉아 있었다. 밥집에서 밥을 직접 날라다가 민박집 할머니네 상을 빌려서 대청에서 일부러 천천히 밥을 먹었다. 그 기와집엔 할머니 혼자 살고 있었다. 귀가 잘 들리지 않는 할머니였다. 그 마을에서 그만한 집이 없어서였을까. 아랫방 윗방이 손님들로 꽉 찼다. 독일인도 있고 일가족도 있고 대학생도 있었다. 귀가 잘 들리지 않는 데다 상대방의 말을 듣는 게 아니라 당신이 하시고 싶은 말만 하시는 분이라고 생각했는데 독일

인과 의사소통도 곧잘 하셨다. 이런 사람은 하룻밤 비용을 치렀으니 그 집이 할머니 집이라고 해도 그 하룻밤을 보낼 방은 나의 방이니 적어도 방문을 벌컥 여는 일만은 삼가줘야 한다고 생각했는데 할머니는 아니 그랬다. 이부자리 까는 방향에서부터 뒷마당에 주렁주렁 열려 있는 감을 따서 먹으라는 것까지 일러주느라고 쉴 새 없이 문을 열었다. 대청에 앉아 있으면 함께 앉아서 같은 얘기를 수도 없이 반복했다. 혼자 사는 할머니는 이따금 가슴에 새겨두고 싶은 말씀도 하셨다. 남녀간의 정을 너무 첩첩히 두면 안 된다고 했다. 그저 잊히지 않을 만큼, 그만큼만 정을 주어라, 했다. 내가 할머니 없이 자랐어도 할머니들이 나를 좋아하는 것을 예전부터 알고 있다. 어디 여행 가서 이 마을은 어떤가 하고 혼자 빠져나와 마을을 걸어다니다가 어디 좀 앉아 있으면 나에게 꼭 말을 붙이는 분들이 있었으니 거개가 다 유령같이 머리가 센 할머니들이었던 것이다. 할머니들은 무슨 얘기인지 맥락이 닿지 않은 말씀들을 내가 일어설 때까지 드문드문 그러나 끝도 없이 이어서 쏟아놓곤 했다. 칠십 년 전의 일이나 바로 어제 일이 할머니들 마음속에선 부질없이 다 섞여 있었다. 시간도 공간도 할머니들 얘기 속에선 별 의미 없이 다 한가지이곤 했다.

  안동 민박집 할머니의 들쑥날쑥한 질문과 말씀이 슬며시 귀찮아진 나는 분명 어느 순간에 할머니 그건 내가 알아서 할게요, 하는 표정을 지으며 대답을 빼먹곤 했을 것이다. 계속 말씀을 하시는 할머니를 누군가 불러내면 휴식하는 기분이 들기까지 했다. 아침에 작별인사를 하려는데 할머니가 보이질 않았다. 인사는 하고 가야 되는데 싶어서 할머니 부엌문을 밀어보았다. 침침한 바닥에 앉아서 할머니가 혼자 밥을 먹고 있었다. 할머니의 밥상을 보고 있으니 대청에서 우리끼리 밥을 먹으면서 왜 할머니한테 함께 먹자고 하지 못했던가, 싶은 후회가 들었다. 예의상 한번 건네보았다가 할머니의 아니다,라는 말이 떨어지기 무섭게 그러면 뭐, 하면서 우리끼리 들기름을 발라 아삭아삭 하게 구운 김과 북어국에다 밥을 먹고 말 아먹었던 것이다. 무엇보다도 밥상 앞에서 이어질 할머니의 말씀이 따분했던 것이다. 우리가 밥을 다 먹고 상을 치우려니 할머니가 당신 그릇을 몇 개 가져와서 반찬 남은 건 거기다 옮겨놓으라 해서 무심히 그렇게 한 뒤 상을 치웠는데 어두운 부엌에서 그 반찬들과 혼자 밥을 잡숫고 계셨던 것이다. 안녕히 계세요, 했더니 할머니는 수저를 내려놓고 따라나왔다. 어젯밤까지 강한 모습으로 잠자리까지 일일이 상관하던 할머니가 헤어지려던 찰나에 갑자기 약한 모습을 보이며 주머니에서 부시럭부시럭 천 원짜리를 꺼내서 가다가 음료수를 사먹으라고 했다. 나도 어차피 세상의 할머니들처럼 언젠가는 할머니가 될 것인데 그때 누군가가 나를 찾아오면 외로워서 앞뒤 맥락 없는 이야기를 하다가 그 사람이 간다고 하면 마음이 약해져서 부시럭부시럭 천 원짜리를 꺼내고 있을지도 모르는데……. 아니에요, 할머니! 손을 내젓는데 콧잔등이 시큰해졌다.

바라나시 근교, 인도, 1997년

백미러 속 풍경

■

그를 사랑하는 일에 깊이 빠져들었던 그녀는
사랑이 끝나자 어디론가 사라졌다.

사라진 그녀를 혼자서 사랑했던 그는
그녀의 흔적을 찾아 그 평지엘 갔다.
아무것도 없었다. 나무와 햇빛뿐이었다.

■

그녀는 그를 사랑했다. 그녀의 식구는 조부뿐이었다. 조그만 집에서 어린 시절부터 조부와 함께 살았던 그녀는 그를 사랑하는 일에 몰두했다. 그러느라고 다른 남자가 자신을 늘 쳐다보고 있다는 것을 깨달을 겨를도 없었다. 사랑이 깨어지는 일은 그치지 않고 발생한다. 그건 누구의 잘못도 아니다. 더 사랑한 사람이 더 기억하고 그 사랑에 더 몰두한 사람이 그 깨어짐으로부터 멀어지는 데 시간이 더 걸릴 뿐.

그를 사랑하는 일에 깊이 빠져들었던 그녀는 사랑이 끝나자 어디론가 사라졌다.

먼 발치에서도 그녀를 다시 볼 수 없게 된 혼자서 그녀를 사랑한

다른 그가 그녀의 흔적을 찾아 길을 떠났다. 그녀가 사라진 후 그녀의 조부도 세상을 떠났으므로 누구에게도 그녀가 어디로 갔느냐고 물어볼 수가 없었다. 다른 그는 겨우 사라진 그녀가 오래전에 친구와 길을 떠났다는 것을 알아냈다. 그는 그녀의 친구를 찾아내어 그녀가 어디로 갔느냐고 물었다. 친구는 고개를 숙일 뿐이었다.

그녀가 어디로 갔지요?

친구는 고개를 더 깊이 숙일 뿐 자신도 모르겠다고 했다.

사라진 그녀와 마지막으로 함께 있었던 곳은 낯선 지방의 비탈길이었다고 했다. 비탈길에서 내려다보면 평지가 내려다보였고 거기에 백양나무 숲이 있었다고 했다. 뒷모습을 내보이며 숲을 바라보고 있는 그녀의 모습이 마지막이었다고 했다. 평지가 내려다보이는 비탈길의 찻집에서 마주앉아 차를 마시고 있는 중에 사라진 그녀가 찻잔을 내려놓으며 손을 씻고 오겠다고 했단다. 그렇게 자리를 뜬 그녀는 돌아오지 않았다. 그녀를 기다리다 지친 친구가 무심코 평지를 내려다보았다. 손을 씻고 오겠다던 그녀가 평지의 나무들을 바라보며 서 있었다. 산책 나온 사람들이 그녀 곁을 스쳐지나가는 게 보였다. 모두들 둘이거나 셋이거나 혹은 다섯인데 그녀만 혼자였다. 흙에 발을 대고 서서 나무들을 바라보고 혼자 서 있는 그녀의 뒷모습이 외로워 보여 친구는 그녀의 이름을 부르며 찻집의 유리창에 손바닥을 갖다댔다. 그 순간이었다고 했다. 그녀가 눈앞에서 사라졌던 순간은. 놀란 친구가 찻집에서 뛰어나가 그녀의 이름을 부르며 나무들 사이를 헤매다녔으나 그녀를 찾을 수가 없었다.

어디로 갔을까요?

사라진 그녀와 마지막으로 여행을 함께 했던 친구가 오히려 그에게 물었다. 사라진 그녀를 혼자서 사랑했던 그는 그녀의 흔적을 찾아 그 평지엘 갔다. 아무것도 없었다. 나무와 햇빛뿐이었다. 그는 근처에서 삼 년 동안 머무르며 그녀가 사라진 자리로 돌아오기를 기다렸다. 그녀는 오지 않았다.

어느 날 어쩌면 내가, 혹은 당신이 평원이 내려다보이는 비탈길의 찻집에서 차를 마시다가 평지의 나무들 사이를 걸어다니는 사람들 속에 한 남자가 혼자 서 있는 모습을 보게 될지도 모르겠다. 그가 너무 외로워 보이기 때문에 그 남자의 뒷모습을 눈여겨 보게 될지도 모르겠다. 그러다가 차를 한 모금 삼키는 순간 이번엔 그녀를 찾아 헤매던 그가 간데 없이 사라지고 없을지도.

*

오래전 사람들에게 풍경은 쉬엄쉬엄 걷다가 고개를 들어보았을 때 문득 눈앞에 펼쳐지는 장엄한 아름다움이었을 것이다. 오늘날 우리에게 그런 풍경은 사라졌다. 풍경은 타고 가는 차의 앞 유리창이나 옆 유리창의 크기로 축소되었으며 그마저 엄청나게 빠른 속도로 우리에게서 멀어져간다. 백미러 저편으로 멀어져가는 아름다운 풍경을 보며 차를 멈추고 그 풍경 속으로 들어가보고 싶은 충동을

느낀 적이 얼마나 많았던가. 나도 모르게 논에 고인 물이나 길 양편
에 서 있는 나무들을 만나면 저것 좀 봐, 갑자기 차를 세워버리곤
했다. 뒤따라오던 자동차들이 놀라서 경적을 울려대었다. 그때마다
백미러 속에서 나를 지켜보는 풍경들.

　길거리에 서서 누군가를 오래 기다렸던 날이 있었다. 막 감고 나
온 젖은 머리가 얼어붙었다. 밤바람에 뺨이 터질 것 같은데도 기다
리는 이는 오지 않았다. 터널을 빠져나와 내 앞을 질주해가는 자동
차들을 세 시간 동안 지켜본 다음에야 얼음을 털어내며 집으로 돌
아왔다. 다시는 그를 기다리지 않기로 하고 운전교습소에 나갔다.
언제든 누구의 도움도 받지 않고 해변으로 숲길로 내달릴 생각을
했다. 기다리지 않는 대신 길을 떠나기로 한 것이다. 오지 않을 것
을 기다리는 고통을 단호하게 끝내고 싶었다. 간혹 신새벽에 깊은
밤중에 길을 떠날 수는 있었다. 그러나 기다림을 끝장 낼 수는 없
었다. 인생은 기다리는 순간들이 쌓여서 완성되는 것이기도 했으
니 기다리지 않는 삶이란 존재할 수가 없었다. 누군가 내게 다가오
는 것을, 누군가 내게서 떠나는 것을 백미러로 보게 되었다. 사람
들이 다가왔다가 멀어지면 그 자리에 풍경이 남았다. 모든 풍경을
백미러 안에 두는 새로운 기다림이 발생한 것이다. 지금 양손에 붙
들고 있는 핸들을 놓으면, 차에서 내려 몇 걸음만 걸으면 저 풍경
과 다정하게 결합할 수 있을 것이다. 촉감을 느끼고 냄새를 맡고
결을 쓰다듬으며 감싸 안을 수도 있을 것이다. 그러나 현대인들에
게 그런 축복은 허락되지 않는다. 친밀감이 오히려 두려운 세상이

다. 그래도 가끔 생각한다. 차를 몰고 가다 가끔 아름다운 풍경과
만났을 때 차를 버리고 하염없이 걸어서 풍경 저편으로 사라지는
그 순간을.

비행기 기내에서, 1985년

손

■

어려서부터 내 손이 밉고 크다고 생각했다. 그 생각에 여간해서
는 사람들 앞에 손을 보이지 않았다. 내 손은 늘 주머니에 들어가
있거나 가방 끈 같은 걸 잡고 있었다.

그러므로 누구를 만나면 그 사람 손을 유심히 보는 버릇이 생기
더니 손의 생김새로 그 사람을 파악하려 들더니 이제는 사람이 가
진 것 중에서 손이 가장 마음에 든다. 크고 밉다고 여겨 탁자 위에
도 잘 올려놓지 않았던 손을 이리 부려먹으며 살게 될 줄 누가 알았
겠는가.

손에게 부끄럽지 않으려고 한다.

성읍 민속마을, 제주도, 1998년

발톱일랑 숨기고

■

개가 사람을 의지한다면 고양이는 공간을 의지한다.
개가 사람의 사랑을 원한다면
고양이는 공간의 아늑함을 원한다.

■

여름이 끝나갈 무렵에 아들과 함께 사는 후배네 집을 방문했다가 페르시안 흰 고양이를 보았다. 하얀 털실을 뭉쳐놓은 것 같은 조그만 새끼 고양이가 데구루루 굴러다녔다. 사랑스럽기보다 어찌 저렇게 작을까 싶었다. 태어난 지 한 달인가 되었다는 새끼 고양이는 애잔하기가 이를 데 없었다. 손에 닿는 흰 털은 또 왜 그리 보드라운지 그만 뭔가 잘못했다고 용서를 빌고 싶을 지경이었다. 후배를 보러 가서 실뭉치 같은 고양이를 쫄랑쫄랑 따라다니다 왔던 그런 날이 있었다. 그로부터 삼 주일쯤 후에 여행에서 돌아온 후배가 내게 고양이를 데려가겠느냐 물었다. 후배는 고양이와 더는 함께 살지 않기로 마음먹은 것 같았다. 분양받은 집에 돌려주려다가 지난번에 내가 고양이를 따라다니던 꼴이 떠올라 돌려보내기 전에 내게 먼저 전화를 해본 모양이었다. 세 시간쯤 생각하다가 날이 어두워지자

자동차를 몰고 후배네로 가서 고양이를 데려오자, 나랑 함께 사는 이는,

> 소금이 바다 속에 녹듯이
> 나는 신의 바다 속에 휘말려버렸다.
> 신앙도 가버리고, 불신도 가버리고
> 회의도 가버리고, 확신도 가버렸다.
> 갑자기 내 가슴 안에
> 별 하나 맑고 밝게 비친다.
> 그 모든 태양의 빛조차
> 그 별의 빛 속에 사라져버렸도다

라는 시를 남긴 페르시안 시인 '잘랄 앗 딘 루미'를 따서 고양이에게 '루미'라 이름 붙여주었다. 루미가 내 옆으로 온 지난 구월 시월 그리고 지금 십일월 나는 때때로 간절해지는 어떤 욕망을 루미를 바라보는 일로 메웠다. 고양이라는 족속들은 개와는 완전 다르다. 그 첫째가 인간을 따르지 않는다. 개가 사람을 의지한다면 고양이는 공간을 의지한다. 개가 사람의 사랑을 원한다면 고양이는 공간의 아늑함을 원한다. 루미가 우리 집에 와 맨 먼저 한 일은 자기가 잠들 곳을 찾는 것이었다. 여기저기 왔다갔다 하던 루미는 자기가 잠들 곳을 몇 곳 정했다. 첫 날 밤은 텔레비전 뒤의 엉킨 전선줄 위에서 참 불편하게 구부리고 자기에 내가 텔레비전을 벽과 바싹 붙

여 틈이 없게 해버렸더니 다음에는 식탁의자 위와 내 서재 우편물을 담아놓은 박스 속에서 잤다. 무지하게 잠을 잤다. 오전에 식탁의자 위에서 잠들어 있는 것을 보며 외출했다가 저녁 참에 돌아와도 그때까지 자고 있을 때도 있었다. 야옹거려서 안아줄라치면 저만치 몸을 뺐다. 겨우 한 번 안기면 체념한 듯이 잠깐 품에 있다가 또 몸을 뺐다. 너무 안고 싶어서 루미가 싫어하는 데도 놓아주지 않은 적이 많았다. 바둥거리는 어린 것을 숨막히도록 안고 있었다. 발을 씻겨주면 저를 죽이는 줄 알고 질겁하며 내 팔과 어깨를 할퀴었다. 목욕이라도 한번 시키려면 내 얼굴까지 상처가 났다. 발톱을 깎아주면서 매번 루미야, 나를 그렇게 못 믿겠냐, 중얼거리며 쳐다보면 루미는 내가 당신을 어떻게 믿죠? 하는 듯 나를 외면하곤 했다. 루미는 내가 저를 보면 내게 등을 돌리고 앉아버리곤 했다. 누군가 고양이는 자기 주인이라고 생각되는 인간의 무릎에만 올라앉는다고 했다. 그 말을 들으니 어찌나 서운하던지. 그래도 시간은 흘러 같이 살기 시작한 지 두달 가까이 되자 내게도 조금 친밀감을 느끼는지 목욕을 시키고 수건으로 닦아준 뒤 드라이기로 털을 말릴 때면 예전과 달리 얌전해져 등을 구부리곤 했다. 발톱을 깎아줘도 가만히 있었다. 내가 자고 나오면 내 서재 박스 속이나 식탁의자 밑에서 저도 나와 내 발에 몸을 비비며 야옹거리며 스트레칭을 했다. 그러나 안으려고 하면 저만치 가버렸다. 여전히 잠은 무지하게 잤다. 루미는 새벽에 깨어나 집 안의 화분을 깨고 흙과 놀았다. 개미 같은 게 지나가면 사라질 때까지 바라보았다. 그러다가 루미가 차츰 내 옆에 있기 시작했다. 내가 책상의자에 앉아 책을 보면 루미는 책상에 올라가 웅크리고 앉아 나를 쳐다보았다. 내가 텔레비전을 보면 루미는 텔레비전 위로 올라가 화면을 내려다보며 움직이는 화면을 잡아채려고 발을 움직거렸다. 내가 소파에서 낮잠이라도 자면 루미는 내 발 끝에 엎드려 잤다. 나와 가까이 있기로 마음먹은 것 같았다. 그러나 여전히 너무 가까운 것은 싫은지 늘 저만치 그러나 내 눈에 들어오는 곳쯤에 앉아 있거나 엎드려 있었다. 사랑하면 몸은 매이고 마음이 아프다. 자동차 뒤에 태우고 다니는 것도 모자라 루미의 모래화장실을 트렁크에 싣고 여행을 갔다. 외출했다 돌아오는 길의 계단을 오르는 내 발자국 소리가 매우 성급해졌다. 책을 읽다가도 눈에 보이지 않으면 루미를 찾아다니곤 했다. 루미는 소리없이 내리는 눈처럼 저만치 앉아 있는데 나는 못 보고 이 문 저 문을 여닫다가 뒤늦게 처음 내가 있던 그 장소에 가만히 앉아 있는 걸 발견하고는 루미야! 왜 대답을 안 해! 소리를 치기도 했다. 비가 내리는 날의 루미는 너무나 아름답다. 베란다 창가에 붙어 앉아 빗방울이 묻는 창을 몇 시간이고 바라본다. 무슨 생각을 저리 하는 걸까, 하고 여기는 건 인간인 나의 생각일 뿐인지도 모른다. 루미는 그저 자꾸만 창에 부딪혀오는 움직이는 빗방울이 신기해서 그러고 있을 뿐인지도. 그러나 지치지도 않고 빗방울을 바라보고 있는 그 뒷모습이 안겨주는 애잔함은 마음을 흔들곤 했다. 나는 루미가 그러고 있을 때면 방해하고 싶지 않아 문도 가만히 닫고 발걸음도 가만가만 떼었다. 그러다가 그만 덥석 안아버리곤 했다. 그러고 있지 마라,

하면서.

어느 날은 보들레르의 고양이라는 시를 루미에게 읊어주기도 했
다.

오너라, 내 예쁜 나비야, 사랑에 빠진 내 가슴 위로
발톱일랑 감추고
금속과 마노 섞인 아름다운 네 눈 속어
나를 푹 잠기게 하렴.

내 손가락이 네 머리와 유연한 등을
한가로이 어루만지며
내 손이 전기 일으키는 네 몸을
만져보며 즐거움에 취해들 때,

나는 마음속에서 내 아내를 본다. 그녀 눈매는
사랑스런 짐승, 네 눈처럼
그윽하고 차가워 투창처럼 꿰뚫고

발끝에서 머리끝까지
미묘한 기운, 위험한 향기
그녀 갈색 몸 주위에 감돈다.

내 마음이 가라앉아 있는 건 루미 때문이 아니다. 내가 루미에게서 받은 그 많은 위로가 차라리 버거웠을 것이다. 아니다. 어느새 십일월이라는 사실이 나를 놀래켰는지도 모른다. 이루어지지 않을 나의 욕망들을 이제는 루미의 도움 없이 정면으로 보자는 마음인지도. 루미와 함께 있으면 12월도 13월도 14월도 덧없이 가버리고 말 것이라는 허무 때문인지도 모를 일이다. 너무 사랑해서 만져서 죽일 것만 같은 두려움도 있었다. 십일월은 고양이같이 차갑고 부드러운 달이다. 연유도 없이 온종일 짜증을 낸 어느 날 먼 곳으로, 나는 잘 지내고 있습니다,라는 메일을 한 통 보내고 해 저물녘에 따뜻한 물을 받아 루미를 목욕시켰다. 발톱을 깎아주고 목덜미를 쓸어주었다. 야릇한 슬픔에 내가 거실 바닥에 팔을 괴고 엎드리자 루미는 오디오 위에 올라가 나를 응시하였다. 자정 무렵에 저 아래에 사는 이에게 루미를 안겨주었다. 헤어지는 줄도 모르고 루미는 그이의 품속에서 하얗게 안겨 있었다. 루미는 소리 없이, 저만치 존재함으로써 나에게 관계 맺기에 있어서의 적당히 필요한 거리감을 일깨워준 짐승이다.

그랬으나 나는 돌아오는 밤길에 조금 울었다.

자거라, 네 슬픔아

글 | 신경숙
사진 | 구본창
펴낸이 | 양숙진

초판 1쇄 펴낸날 | 2003년 12월 24일
3판 4쇄 펴낸날 | 2013년 11월 21일

펴낸곳 | ㈜ 현대문학
등록번호 | 제1-452호
주소 | 137-905 서울시 서초구 잠원동 41-10
전화 2017-0280
팩스 516-5433
홈페이지 | www.hdmh.co.kr

ISBN 978-89-7275-273-8 03810